Petons de diumenge

labutxaca

www.labutxaca.cat
info@labutxaca.cat

Sílvia Soler

Petons de diumenge

Premi Prudenci Bertrana 2008

Columna
Barcelona

Aquesta obra ha obtingut el Premi Prudenci Bertrana de Novel·la 2008 concedit pel jurat següent: Xavier Cortadellas, Jordi Llavina, Ester Pujol, Emili Teixidor i Vicenç Villatoro.

Aquesta obra ha rebut un ajut atorgat per la Institució de les Lletres Catalanes.

La primera edició d'aquesta obra va ser publicada a Columna Edicions l'any 2008

Primera edició en aquest segell: març del 2010
Vuitena edició: agost del 2020

Fotocomposició: Víctor Igual, s.l.
DIPÒSIT LEGAL: B. 4.316-2010
ISBN: 978-84-9930-087-0

A l'arqueòloga Mercedes Vegas,
que venia a casa des de llocs remots,
carregada de regals i d'històries,
per fer-nos somiar en la llibertat.

Capítol 1

Em veig caminant amb brancades de mimosa als braços, o asseguda amb la falda plena de fruita madura i sucosa —albercocs, cireres, talls de síndria—, o amb la mirada clara, plena de colors.

Quan tenia vint anys, un matí esclatant de juliol, vaig anar al cementiri a visitar la tomba del meu avi. Jo acabava de llicenciar-me i la paraula *arqueòloga* em semblava la més eufònica de tot el diccionari. Estava enamorada amb deliri de l'home amb qui ja planejava casar-me. Suposo, doncs, que era feliç.

Aquell matí de cel blau —del blau netíssim que deixa la tramuntana—, vaig avançar pel camí de sorra que mena al cementiri, amb xiprers a banda i banda, i tot era silenci. Només sentia el soroll de les meves passes que premien la terra compacta, desenes de minúsculs espetecs.

I recordo que, inexplicablement, malgrat la meva desvergonyida joventut i el meu cor tibant d'amor, en aquell moment vaig pensar que un dia tornaria a fer aquell mateix camí, sola i en silenci, com aleshores, en la solitud i el silenci de la mort.

Han passat cinquanta anys. Mig segle. Tota la meva vida. I em preparo per comprendre que aquell pressentiment extravagant està a punt de fer-se realitat.

El món ha avançat de pressa en aquests cinquanta anys, ballant la dansa frenètica de la humanitat, de vegades al ritme de la guerra, de vegades seguint el compàs d'una melodia més suau: han nascut estats i d'altres s'han esgavellat com un trencaclosques mal encaixat, han mort savis i poetes, n'han nascut d'altres, s'han vençut malalties i epidèmies maleïdes han devorat països sencers.

Jo ho he viscut tot, durant molts anys com un testimoni càndid i en ocasions atemorit —potser aleshores tot era més fàcil—, en el temps de les prohibicions i els pecats, del silenci i el desconcert. El viure, però, va aclarint els dubtes i els misteris, sovint amb cruesa, i jo també vaig aprendre el valor de la rebel·lia i de la raó.

El món s'esberlava i perdia seny per tots els forats i jo estimava, i llegia, i plorava, i m'afanyava a protegir quatre fills que, en justa però involuntària correspondència, constituïen el meu escut protector.

I al fons de tot, com el decorat d'un vell escenari que mai no es renova i que s'adequa a totes les representacions, unes àmfores escantellades, amb pols de segles adherida a les corbes, amb restes d'algues de tots els mars, amb un pensament d'olor de vi negre surant tot a l'entorn.

Àmfores marcades amb noms, amb senyals com petites ferides que n'indiquen l'origen i en recorden els viatges. Segells ovals, o rectangulars, o circulars, rastres de resina o de vernís, lletres i dibuixos.

I en la meva memòria, marques d'amor, de dolor, d'enyor.

No hi ha res d'excepcional a la meva vida —lleus marques d'àmfora—, només que l'he viscuda. I això s'acaba.

—Com vas saber que estaves malalta?

Un mal de panxa persistent, una biòpsia i una espera. Era dijous i em van dir que el dimarts següent em dirien els resultats. Es fa llarg esperar. Tot va quedar suspès, posposat, pendent. La meva vida i la de les persones que m'estimen, i això em va fer sentir incòmoda. Recordo que quan em vaig jubilar, fa tres anys, vaig sentir una angoixa semblant. Per primera vegada em sabia improductiva, passiva, i per unes setmanes vaig pensar que m'havia convertit, d'un dia per l'altre, en una absurda càrrega per la gent a qui abans aportava alguna cosa. Com si el fet de no treballar m'hagués incapacitat també per donar afecte, o consells pràctics, o per fer una companyia divertida i interessant als meus amics. Tot d'una, i quan de fet ja feia anys que era àvia, em veia com una velleta carregosa que els fills i els néts havien de protegir.

Afortunadament, aquella petita depressió va durar poc i vaig tornar a ser la de sempre. Tanmateix, vaig recuperar aquella angoixa des del moment que es va plantejar la possibilitat que estigui greument malalta, i em vaig tornar a sentir desvalguda i em pesaven les mirades amoïnades que rebia a tota hora.

De fet, tot va canviar en el moment que el metge d'urgències va entrar al box on esperàvem —jo, en una llitera, la Neus dreta al meu costat i en Guillem assegut a la cadira—. Tots tres el vam observar en un silenci interrogatiu i ell va dir: «No ho veig clar. A les radiografies no hi veig res, però no m'agraden aquest dolor tan insistent ni la febrícula. Crec que hauríem de fer una ecografia».

No vaig tenir temps per respondre. En qüestió de segons, de dècimes de segon potser, la Neus es va incorporar i va dir: «Sí, és clar. Que li facin una ecografia immediatament».

Jo hauria dit el mateix, com és obvi, però no em va deixar dir-ho. La meva filla gran s'havia fet càrrec de la situació, havia agafat les regnes i ja no pensava deixar-les anar mentre jo fos una malalta, o una vella amb serioses possibilitats d'estar malalta.

—I què hi van veure a l'ecografia?

Que hi havia una ombra prop de la matriu, i el metge va dir que calia fer una biòpsia. Que els resultats els tindríem dimarts. I des d'aleshores vaig tenir la casa plena de gent tothora. Els fills i els néts, carregats de bones intencions, que venien a portar-me trufes i violetes de Santa Paula, que m'explicaven xafarderies i m'entretenien amb acudits. Em recordaven els mossos d'estoc, quan maregen el toro moribund amb el capot perquè deixi de patir d'una vegada.

—I què va dir la biòpsia?

...va eliminar els interrogants: era càncer. I va començar una altra mena d'existència, sense cap dubte pitjor de la que havia tingut fins aleshores. Era justament això el que m'espantava i no pas l'amenaça de la mort. No em queixo del que he viscut: vaig néixer en un país que estimo, els meus pares eren persones bones, en el sentit estricte d'aquesta paraula, en el bon sentit de la paraula *bo*, com deia el poeta. M'he enamorat i he estimat amb passió i amb paciència, he estat mare i àvia. He treballat en un ofici que m'omplia els dies de calaixeres de caoba, de taules de marbre, de màquines de cosir i de vasos de vidre gravats, de bancs de fusta i capçals de llit de ferro forjat... I en un racó dels meus somnis sempre hi havia les àmfores mil·lenàries fent-me companyia.

Però tinc un present ple de diagnòstics, quiròfans, tractaments i plors. Hi vaig acompanyada dels fills, aquells que jo he dut agafats de la mà cap a l'escola, als qui he donat el menjar a cullerades, els que he vigilat en nits de febrada. Ara són ells els que em protegeixen, els que decideixen per mi. No hi estic acostumada i em sento estranya en aquesta actitud passiva, deslliurada de la sovint feixuga càrrega de ser responsable d'un mateix.

—Què vas pensar quan t'ho van dir?

Quan el metge va pronunciar la sentència —tan disfressada que venien ganes de no entendre-la—, em vaig limitar a observar els meus fills. La mirada de la Neus estava presidida per una angoixa molt pròxima al pànic, conscient en dècimes de segon de tot el sofriment que estava venint. Les faccions de la Màxima pràcticament no van alterar-se, a penes un imperceptible parpelleig a l'ull dret, fruit de la sorpresa, de la incredulitat. En Guillem em va regalar una mirada optimista i plena de confiança, una mirada de suport, d'ànim, de tot sortirà bé, una mirada-abraçada.

La Martina no hi era. Havia trobat una ocupació urgent que li permetia estalviar-se aquesta escena. No l'hi retrec, jo també ho hauria fet, si hagués pogut.

—Us van dir que calia operar de seguida?

Sí, vam sortir de la consulta amb la data fixada. Un dijous, a les dues del migdia. Quina hora tan estúpida per operar algú, no?

—Et feia por l'operació?

La veritat és que no. No puc negar que en el moment dels adéus, em vaig emocionar, perquè és inevitable pensar, quan entres en un quiròfan, que sempre hi ha el risc que surti malament alguna cosa... Però tenia la intuïció que no passaria res... En canvi, estava convençuda que l'operació no serviria per curar-me del tot.

De tota manera, l'entrada al quiròfan impressiona: tot és fred, metàl·lic, asèptic, no hi ha ni una ombra de calidesa enlloc. La conversa dels metges i les infermeres, que té un to animat, gairebé frívol, no aconsegueix comunicar-te cap mena d'escalfor humana. A la inversa, et fereix profundament la naturalitat amb què ignoren el teu pànic.

Del postoperatori, només en recordo pensaments estrafolaris, idees desconcertants, perquè tenia tot el temps del món, un cos inutilitzat, i una lucidesa inusitada. Potser la nostra intel·ligència augmenta de forma inversament proporcional a la morbidesa del cos. Vaig passar de ser físicament hiperactiva, a immòbil pensadora sense límits de temps o d'espai.

Les hores es fan llargues i el panorama que emmarcava l'amplíssim finestral, amb les lluminàries vacil·lants de Barcelona, l'eixamplava encara més. Pensava en cases que mai ressuscitaré, en mobles que mai faré restaurar, en petits objectes preciosos que mai trobaré en soterranis humits i foscos de cases de pagès. O m'entretenia a imaginar canvis en el mobiliari de casa, m'entossudia a fer llistes mentals de llibres que em quedaven per llegir.

Llavors, de matinada, entrava alguna bata blanca de somriure dolç, em desitjava bon dia com qui s'adreça a una criatura inconscient o a un vell senil —i jo no era cap de les dues coses, encara no—, i remenava el meu pobre cos sense miraments.

Aleshores pensava en tot el pudor que jo havia acumulat al llarg dels anys, sobretot de joveneta, en plena postguerra: per anar a missa mitges tupides, encara que fes calor, i les mànigues per sota el colze, una mantellina per cobrir la mínima expressió d'escot del vestit, asseure's de manera que les faldilles sempre tapessin els genolls, evitar els jerseis massa cenyits, i si ho eren, recórrer a aquell gest tan antiestètic d'esllenegar el teixit perquè no s'arrapés a les nostres formes.

Què dirien ara la meva mare, el meu confessor, les monges de les Teresianes si veiessin el meu cos despullat i nafrat, impúdicament exposat a les mirades i al tacte d'aquesta jovenalla?

—Quants dies t'hi vas haver d'estar, a l'hospital?

Tretze. Tretze dies que es van arrossegar amb una lentitud enervant. No em deixaven gairebé mai sola, però si t'he de ser sincera, de vegades ho desitjava. Necessitava que s'aturés la xerrameca incessant i les bromes forçades destinades a distreure'm. Però quan aconseguia convence'ls perquè em deixessin sola, començava a mirar sovint el rellotge, desitjant que hagués passat una hora i només havien passat uns minuts. M'entretenia pensant qui devien ser els altres malalts de la planta, els veïns desconeguts amb qui compartia les nits, la desesperant espera de l'alba. Em preguntava la seva edat, el seu nom, el seu pronòstic de supervivència. Els grans desconeguts amb qui en aquells moments tenia més coses en comú que amb les persones que més estimo.

Una vegada, un noi jovenïssim va trucar a la porta i la va obrir, quedant-se sorprès i immòbil al llindar.

—Perdoni, m'he equivocat d'habitació —va mormolar, vermell fins a l'arrel dels cabells.

Vaig estar a punt de demanar-li que passés, que es quedés una estona a fer-me companyia, que estava mortalment avorrida i tenia ganes de xerrar. Amb ell sí, amb un desconegut. Volia que m'expliqués coses noves de trinca, amb una veu que no havia sentit mai. Però no ho vaig fer, és clar. M'hauria pres per boja.

No puc explicar-te per què em venia més de gust la companyia d'aquell noi absolutament inconegut que no pas la de la meva família, que es rellevaven al meu costat, afectuosos, protectors, però amb aquell dolor inesborrable als ulls... No sabia de què parlar-hi. El passat ens feia mal i el futur no existia. En canvi aquell noi, que no sabia res de mi, m'hauria escoltat sense jutjar-me i sense sentir-se ferit pels meus records.

Pensava obsessivament en el paisatge de la plana, els verds i blaus de la cala Montgó, el perfil sobri del Montgrí. Qualsevol referència al passat em feia mal i no gosava parlar del futur. Sempre s'acabava imposant el present, només el present, amb forma de zelador que venia a buscar-me per fer un escàner, o la infermera que em mirava la temperatura i la pressió.

El present era l'oncòleg, aquell ésser d'ulls de pedra —com podria sobreviure, si no— que ens comunicava que havíem de començar immediatament el tractament de quimioteràpia.

Els fills reaccionaven com estava escrit, perquè en els moments més intensos de la vida el nostre caràcter ens domina fins a l'extrem i deixem de ser persones lliures per actuar obeint un guió preestablert.

La Neus interpretava el seu paper de filla gran i s'apressava a organitzar les qüestions d'ordre pràctic: m'oferia casa seva per instal·lar-m'hi, prenia nota del menjar que em convenia, fins i tot consultava on podria encarregar una perruca si m'havien de caure els cabells.

En Guillem s'acostava i m'abraçava, o em feia un petó al front, o m'estrenyia la mà. Sempre el contacte físic, l'escalf, la confiança, el tot sortirà bé perquè jo sóc amb tu.

La Martina sotmetia el metge a un interrogatori precís: quins efectes immediats tindria la químio, quant duraria el tractament, quan sabríem si funcionava, quines activitats em serien permeses.

La Max s'arraulia al costat del meu llit sense tocar-me, muda, immòbil, les llàgrimes cara avall, com fa molts anys, quan jo tenia migranya i ella entrava a la meva cambra sense obrir el llum, s'acostava sigil·losament i es quedava quieta i callada al racó de la tauleta de nit. Quan el dolor baixava i m'eixorivia una mica, m'adonava de la seva presència i li deia: «Què passa, Sucre?» i ella somicava i deia entre sanglots: «Vull estar amb tu».

—I com et vas trobar, amb la químio?

Doncs com si tot el meu cos fos un incendi: el coll, les genives, els llavis, la vulva, l'anus, els palmells de les mans... I amb l'estat d'ànim encès, també. M'irritava tot i tothom. Tot em coïa, m'havia tornat una dona exasperada. El mal em feia més egoista, més cruel i despietada, com si volgués revenjar-me d'aquell foc que em cremava.

En sortir de l'hospital, al començament d'any, ens vam instal·lar a casa de la Neus, que viu a l'Escala, molt a prop meu. D'aquesta manera, deien, tornava a casa —als meus carrers, entre els meus veïns— però no havia d'estar sola. Em van aposentar a l'habitació de la meva néta, que es diu Judit, envoltada de nines, ninots de peluix, llapis de colors. Pots imaginar-te com em protegia aquell món infantil de color de rosa? Em semblava que el càncer no hi podia arribar. Per la finestra d'aquella habitació veia les branques de les acàcies del carrer, agitades per un vent suau de primavera. Em preguntava què se'n faria de mi aquell estiu si no podia tenir el consol dels banys de mar, que em vivifiquen. Però l'estiu quedava lluny. De moment em deixava cuidar per la meva filla, que em feia de mare, no sense una certa angúnia. Ho veia en els seus ulls, mentre em deixava, sol·lícita, el suc de taronja a la tauleta de nit i m'acotxava. Els seus ulls preguntaven: què ha passat, mare?, on ets?

—Estaves deprimida?

Suposo que sí, però al començament de maig, els metges em van donar una alegria que va tallar la depressió d'arrel: la primera tanda de quimioteràpia s'havia acabat i havia anat prou bé. Volien que recuperés forces abans de reprendre el tractament i em suggerien una temporada de repòs en un ambient que em permetés el contacte amb l'aire net i amb la natura. Sense consultar ningú vaig decidir instal·lar-me, naturalment, a la casa d'Albons.

En Guillem ens va acompanyar amb el seu cotxe nou de trinca i la seva conversa fluida però gens atabaladora. Jo confiava cegament en el perfil del Montgrí, els cels escombrats de tramuntana i els tamarius florits per recuperar l'antic goig de viure.

En baixar del cotxe vaig quedar-me contemplant la pedra vella de les parets de Can Poc Oli, on l'heura s'hi arrapava verda i tendra. Era com si les parets que han vist passar dècades fins a superar el segle es resistissin a quedar mortes i per a mi va ser plenament reconfortant veure-les reverdir amb una bellesa nova. Vaig caminar fent tentines cap a la casa, recolzada en el braç ferm del meu fill, i recordo que pensava que la vida sempre reneix i que jo sóc només una gota minúscula en aquest fluir imparable. No volia deixarme abatre, ni tampoc resistir-me al final amb una rebequeria. Volia fer com les muntanyes, com l'heura, com l'olor del mar que m'arriba de lluny: deixar-me portar fins on la vida decideixi portar-me. Potser cap a la mort.

Capítol 2

Mira, tinc una cosa per tu: no t'espantis, ja sé que pesa molt, però només vull que hi facis una ullada. Són els meus diaris. He anat escrivint un diari íntim des de joveneta, amb més o menys continuïtat. Aquí hi podràs saber com era jo d'adolescent, tantes coses que no recordo o que recordo malament. Aquí hi trobaràs sinceritat absoluta: la meva vida hi és tal com la vivia en cada moment. Ara, recordant-la, només ens aturem en els traços gruixuts, en els grans esdeveniments, i oblidem el petit viure de cada dia: els petits disgustos, els entrebancs, una estona agradable. Aquí els tens: tots teus. Els pots llegir, els pots utilitzar o els pots llençar. Fes-ne el que vulguis, només és la meva vida.

El paquet, embolicat amb paper d'embalar i relligat amb cordill, conté quinze llibretes o quaderns, de diverses gruixàries, unes amb espiral i tapa de cartró, d'altres amb anelles que s'obren i s'hi poden posar i treure els fulls, unes quantes enquadernades amb roba gruixuda. En una pila, lligades amb una cinta setinada de color rosa, hi ha les llibretes més antigues. N'hi ha cinc. Són llibretes d'espiral amb full quadriculat i la tapa de cartró, cadascuna d'un color diferent. Al damunt, amb tinta blava, hi ha escrit els anys que abraça el diari, dos per llibreta. Comencen el 1945 i acaben el 1954.

Els altres quaderns són més gruixuts i es manté la diversitat cromàtica, com si haguessin estat triats amb aquesta intenció. Verd, morat, taronja, vermell. Algunes de quadres, amb flors, amb dibuixos geomètrics. Amb retolador gruixut, els anys damunt la coberta. Ara, cada quadern comprèn força més anys. A l'última llibreta, que torna a ser d'espiral, la coberta és de color groc pàl·lid i, en lloc d'uns anys, hi ha escrita una paraula: Malaltia.

Deslligo el paquet més antic i agafo la llibreta que hi ha damunt de totes. És de color blau cel. 1945/1946. La jove Valèria hi escrivia pràcticament cada dia.

Vacances de Nadal de 1945
L'Escala

El meu germà festeja amb la Consol! M'ho va dir ahir a la nit, quan els pares ja eren al llit i nosaltres escoltàvem la ràdio al menjador amb el llum apagat. M'ha demanat que guardi el secret. Lluís i Consol. Queda bé.

És una felicitat que no s'ha fet per a mi... n'estic segura. Sóc una noia estranya i per això estic sola. Demà he de tornar a Barcelona, a enfonsar-me entre llibres de grec i de llatí, lluny dels meus pares i de les meves amigues. Tant de sacrifici i després... quin home voldrà una dona sàvia? Tants plors que m'ha costat poder anar a la Universitat, tantes discussions amb el pare, tants arguments per convèncer tothom que una noia també pot voler estudiar, saber, tenir una carrera. I ara, no ho sé, només tinc por i dubtes. Aquesta nit la tramuntana xiscla com una dona boja. A Riells les onades deuen enlairar-se damunt de les barques. Els porticons es fan sentir i em temo que no em deixaran dormir. Però m'agrada. A Barcelona no hi bufa gens el vent.

Barcelona, 21 de març de 1946
Residència de les Teresianes

M'ha escrit la Consol per explicar-me que el seu festeig amb el meu germà ja és oficial. Ho sap tothom i els pares estan molt contents. Diu que potser es casaran l'any que ve. No me la crec, però l'envejo. Li envejo els projectes de casament, el festeig i viure plàcidament a l'Escala, anant a passejar a vora mar diumenges al matí: Adéu-siau! A reveure! Records!

Barcelona encara és massa gran per a mi, però no goso dir-ho als de casa. Encara tinc por que es penedeixin d'haver-me deixat venir i em facin tornar.

Barcelona, 4 d'abril de 1946
Residència de les Teresianes

Avui no tinc classe. És Sant Isidor, patró de la facultat. No tenia ganes d'estudiar i feia un dia tan primaveral que he sortit a passejar. He caminat pel carrer Aribau, fins a la Universitat, i després he arribat fins al Passeig de Gràcia. Era la primera vegada que anava sola per la ciutat sense un destí concret. Encara no em puc acabar de creure que el pare em deixi estudiar una carrera, que m'hagi permès venir sola a Barcelona, que em deixi viure a la Residència amb les altres noies... Avui passejava per Barcelona rumiant tot això, i podia anar on volgués, i aturar-me als aparadors, i podia fer-ho tanta estona com em vingués de gust.

He vist un vestit que m'ha fet posar vermella de la força amb què l'he desitjat. Immediatament he sentit la meva veu funesta, enterbolint l'emoció d'aquell moment: «Quan te'l posaries? Per anar on? Amb qui?».

El cel s'ha tapat molt de pressa i me n'he anat cap a la Residència, tement una pluja sobtada. En arribar hi he trobat una nota de l'Elisa Saumell preguntant si demà volia anar amb ella al Museu d'Art Antic. Li he trucat per dir-li que sí. Hi anirem amb metro!

Barcelona, 7 d'abril de 1946
Residència de les Teresianes

No em cansaria d'estar amb l'Elisa Saumell. És una noia diferent. Per començar porta un abric vermell —ningú no porta un abric de color vermell—, i els cabells curts que li donen un aire... parisenc. És divertida, ocurrent i molt agosarada. El seu pare és notari i té quatre germanes i un germà. Ahir vaig passar tot el dia amb ella i a la nit, al llit, imaginava com devien ser les festes a la casa de la Bonanova, les seves germanes tan sofisticades, el seu germà que s'assembla al Cary Grant...

L'Elisa diu que mig festeja amb el fill d'uns amics dels seus pares que es diu Víctor Reverter, que estudia arquitectura. No l'he vist gaire convençuda, semblava com si se'n rigués una mica, quan parlava d'ell. Els ulls se li encenien, en canvi, quan parlava de marxar a l'estranger quan acabi la carrera. I en Víctor?, li vaig preguntar. Va riure fent ballar el serrell damunt les celles ben dibuixades: en Víctor, si vol, que m'esperi dibuixant casetes per als barcelonins rics. Envejo terriblement la seva determinació.

M'agrada parlar amb ella perquè no ens assemblem. No s'assembla a cap de les meves amigues, a cap de les altres noies que viuen a la residència. És més decidida, més agosarada, més valenta, més lliure. Com si fos d'un altre país.

L'Escala, 3 de juliol de 1946

Només diré que quan la meva mare em va venir a rebre a l'estació de Girona, en veure'm, es va posar a plorar. He perdut tres quilos i no es pot pas dir que me'n sobressin. Tinc unes bosses fosques com núvols de tempesta a sota els ulls i el cabell se m'ha empobrit tant que el porto recollit per no haver de veure la tristesa d'aquesta cabellera desmaiada allà on hi havia hagut una crinera vermella.

Els sacrificis i els esforços, però, han valgut la pena: tot aprovat, la majoria de les assignatures amb nota. Sabia que no em quedava altre remei perquè el meu pare només necessitava una excusa per canviar d'opinió i no deixar-me marxar de l'Escala el curs vinent. Aquesta idea m'espanta, tot i els farts de plorar d'enyorament que m'he fet aquest hivern.

L'Escala, 5 d'agost de 1946

Són les dotze de la nit, la tramuntana fa picar les persianes de fusta. No puc dormir i, en canvi, no estic angoixada: tinc l'ànima riallera. Aquest vespre hem anat a prendre la fresca a la plaça i ens hi hem trobat els germans Danés i en Miquel Sugranyes. He recordat aquells anys del batxillerat, quan estava platònicament enamorada d'en Quim Danés. El trobava tan guapo! Hem xerrat una estona, tot passejant darrere dels altres.

L'Escala, 15 d'agost de 1946

És el dia de la Marededéu d'agost i he anat a missa aviadet, tan bon punt s'ha aturat la tempesta d'aigua i pedra que s'ha girat de matinada. Sentia repicar la pedra a la teulada des de dins el llit i m'ha calgut reunir forces per sortir d'aquell niu calentó.

A missa hi havia en Quim. Ja fa uns quants diumenges que ens hi trobem i en sortir, ell m'espera i m'acompanya fins a casa. M'agrada, però no vull que els seus amics es pensin res ni que la gent comenci a xerrar...

Ara torna a ploure, i és com si la negror del cel em pesés a l'ànima, i al cos. Tinc mal de cap.

L'Escala, 19 d'octubre de 1946

He començat el segon curs amb més ànim i menys enyorament. He vingut a casa aquest cap de setmana perquè dilluns és festa, i després de la passejada de dissabte a la tarda, m'he trobat amb un disgust que no m'esperava.

En arribar a casa, la meva mare m'ha preguntat si el «noi Danés» m'havia acompanyat. Sí que m'havia acompanyat —i estava tan contenta d'haver xerrat una estona amb ell!—, o sigui, que la mare m'havia estat espiant rere les cortines... Ha començat a plorar, dient que el pare estava tan i tan enfadat, perquè des de l'estiu la gent li pregunta si en Quim i jo festegem, li diuen que ens han vist passejar sols pels carrers del poble, sortir de missa junts el diumenge...

La mare em deia que no podia donar aquell disgust al pare, que semblava mentida, després dels diners que els costaria la meva carrera... A veure si al final havia d'acabar amb un noi d'aquí, que tothom sabia que en lloc de voler estudiar farmàcia, com havien fet el seu pare i el seu avi, només tenia projectes estranys, com remenar a les masies abandonades i mig en ruïnes per trobar-hi mobles vells i corcats. Amb la quantitat de nois de bona família que puc conèixer a Barcelona. M'he sentit tan dolguda... Així que els meus pares no havien cedit a deixar-me anar a Barcelona perquè jo fes realitat el desig de ser arqueòloga, el vell somni de l'àvia Valèria, ser una de les poques dones arqueòlogues d'Espanya... El que ells volien era que a Barcelona conegués un noi de bona família i que m'oblidés d'estudiar i em casés...! I estava dolguda perquè els meus pares estaven ofenent en Quim, aquell home bo que m'estimava. «Un noi d'aquí», havia dit la mare, amb to despectiu. Qui eren ells per rebutjar-lo?

Quan el pare ha arribat a casa i s'ha assegut a taula per sopar, no m'ha dirigit la mirada. El meu germà i la mare menjaven amb un silenci absolut, i jo m'eixugava les llàgrimes mentre pensava que aquell pare que jo havia admirat sense límits podia estar-se convertint en el culpable de la meva infelicitat.

—Parla'm de la teva àvia.

L'àvia Valèria... L'àvia Valèria és el personatge fonamental de la meva infantesa, i un dels més importants de la meva vida, tal com han anat les coses.

Era la mare del meu pare i una dona absolutament excepcional en el seu temps. Segurament hi té a veure la seva íntima amistat amb la Caterina Albert, l'escriptora. La Valèria i la Caterina vivien molt a prop l'una de l'altra, i només es portaven dos anys, així que van compartir primer els jocs d'infància al carrer, i més endavant llarguíssimes converses assegudes als esglaons de casa, als estius, quan finalment el sol cedia una mica i la marinada, mandrosa, començava a refrescar els carrers de l'Escala.

La Caterina començava aleshores a sentir una gran curiositat per les pedres d'Empúries, que havia visitat amb el seu oncle. Sempre les havien tingut allà mateix, al costat de casa, formaven part del seu paisatge, però mai no havien sospitat que eren el testimoni d'històries remotes, del passat damunt del qual s'havia edificat el seu poble, la vida que elles vivien. Era el començament del que esdevindria la seva gran passió per l'arqueologia i pels objectes antics.

Quan jo era petita i l'àvia Valèria em parlava de la seva amiga Caterina, no em costava gens d'imaginar aquelles dues nenes, els cabells recollits en dues trenes, les faldilles llargues, les cames primes, assegudes al pedrís de la plaça, cap al tard, concentrades en la seva conversa mentre els altres infants els cridaven: Veniu a saltar a la xarranca? I elles, perdent les mirades somiadores a la platja, xerraven de vaixells que arribaven des de Grècia, plens d'àmfores que acabarien enfonsades a sota les onades cobertes de cargolins de mar.

Suposo que ja has entès per què una noia de poble com jo, en la més grisa postguerra, va tenir el valor de formular als seus pares el desig d'anar a estudiar a Barcelona una carrera tan exòtica com arqueologia...

Durant els cinc anys que vaig passar a Barcelona escrivia a l'àvia Valèria llarguíssimes cartes on li explicava tot el que estava aprenent. Mai no em va contestar perquè tenia els dits deformats per l'artritis... i potser tampoc no ho hauria fet. Potser ja havia oblidat els somnis infantils i les xerrades amb la seva amiga Caterina, aleshores ja reconeguda com una gran escriptora que s'amagava rere el pseudònim de Víctor Català.

—Ja no es tractaven?

Sí... quan es veien encara actuaven com dues velles amigues i es mostraven un afecte quasi familiar. Però les seves vides havien seguit camins molts diferents i la Caterina passava moltes temporades lluny del poble. El dia que l'escriptora va morir jo vaig anar a veure l'àvia, desolada, amb la cara plena de llàgrimes, i l'àvia Valèria no va alterar l'expressió quan li vaig donar la notícia: S'ha mort la Caterina? Pobreta, Déu l'hagi perdonat! Res més. No sé si a sota de totes les capes de la pell, engruixida pel dolor i el treball, alguna cosa es va commoure.

I ara em sembla que ja n'hi ha prou. Demà hi tornem.

L'endemà trobo la Valèria Isern asseguda en una butaca baixa folrada d'un vellut de color tabac. És a prop del balcó i la llum grisa de mitja tarda la fa semblar la imatge central d'una fotografia en blanc i negre. M'he aturat, indecís, al llindar de la porta, però de seguida em convida a entrar i a seure a prop seu. «No tinc gaires ocasions de passar la tarda amb un noi tan guapo», diu, mig enriolada. Du un pantaló blau marí i una camisa blanca que li va baldera perquè, segons em diu, s'ha aprimat força. Ho veig en les clavícules, en els ossos dels canells, com si un escultor hagués destacat tots els angles del seu cos. Sense que jo l'hi demani, comença a parlar-me dels dies de descans que ha passat a Albons.

Can Poc Oli és la casa pairal dels Danés que en Quim i jo vam heretar quan va morir la meva sogra. Els meus fills ens prenen el pèl i comenten sovint el galdós negoci que vam fer en aquell moment. El germà d'en Quim i la seva família es van quedar la casa de l'Escala que, en vendre-la a un constructor, els va solucionar l'economia familiar per sempre més.

En aquell moment —cap al final de la dècada dels setanta—, l'Escala ja s'havia confirmat com un dels punts d'atractiu turístic més important de tota la costa catalana. S'hi construïa contínuament i, als estius, la població es multiplicava gairebé per deu.

Albons, en canvi, era encara un poblet de l'interior amb uns atractius certs però no espectaculars i que molt poca gent havia descobert encara.

Jo sempre els asseguro que, fins i tot en el cas que algun constructor visionari ens hagués ofert una fortuna per Can Poc Oli, el seu pare no l'hauria volgut vendre per res del món.

De fet, em consta que els meus fills serien els primers a defensar la casa amb les seves vides, si calgués. Ja ho diuen: que si al lloc on vam passar els estius de la nostra infantesa hi havia un riu, sentirem la remor de l'aigua tota la vida. Tots tenim un lloc on podem situar la felicitat, i per als meus fills és aquesta casa. Segurament és per això que de vegades sento les seves veus infantils al jardí. La Max que xiscla perquè en Guillem vol esquitxar-la amb la mànega d'aigua, la Neus que renya les nines, la Martina que canta, enfilada dalt del nesprer, les cames penjant. En algunes ocasions les veus m'arriben tan clares que no puc evitar treure el cap per la finestra de la cuina. No hi són. Aquells nens no hi són, perquè ja no existeixen. Però les seves veus han quedat misteriosament suspeses en l'aire del final d'estiu, entortolligades als matolls de ginesta, engrunades i barrejades amb la pedretes del camí de l'entrada.

A Albons tot va ser una mica més fàcil, malgrat les crostes als llavis que m'obligaven a menjar tot l'aliment liquat per mitjà d'una canyeta.

El meu cos, que s'havia refet miraculosament bé dels embarassos, que havia madurat amb dignitat, ara feia autèntica pena de veure: cada dia més prima, amb una cremallera al llarg de la panxa. Em mirava al mirall i pensava que allà on per quatre vegades hi havia niat la vida, ara hi niava la malignitat.

Per sort, al final de juny, la Neus s'havia instal·lat amb mi a Can Poc Oli amb els seus fills i els seus jocs i les rialles constants em feien interrompre de seguida aquests atacs d'autocompassió patètica. Després del període de descans, vam reiniciar el tractament i cada quinze dies em duien a Barcelona a fer la químio. La feia a la consulta de l'oncòleg, un pis de la Via Augusta que no tenia res de sòrdid, on podia haver-hi hagut criatures jugant o una dona preparant el sopar. Acostumava a trobar-m'hi una noia que rebia el mateix tractament que jo.

Ens instal·laven en uns sofàs amb reposacames, l'una al costat de l'altra. Mentre les infermeres preparaven la porqueria que havien d'injectar-nos al braç, la dona jove xerrava pels descosits, amb una vitalitat fora mida i un to que volia ser frívol. Jo em preguntava si era valenta, inconscient o hipòcrita.

La noia seguia amb la seva xerrameca i pretenia incloure'm a la conversa, amb preguntes del tipus: «Es mareja?». No, responia jo. «Vostè també és de mama?». No, de matriu.

Aquella nit, la nit del tractament, quan em ficava al llit, a la meva habitació d'Albons, observava les bigues del sostre fins que es començaven a moure, producte de les nàusees. Aguantava tant com podia sense llevar-me però finalment ho feia, em llevava i baixava a la cuina. Al cap d'un moment sentia les passes de la Neus que baixava l'escala, té el son fluix, com jo, sempre em sentia.

La meva filla em preparava una camamilla, s'asseia al meu costat i em passava el braç per les espatlles. Una part de mi volia refugiar-se en aquella abraçada, en aquell muscle jove i fort, però no sé què m'ho impedia. D'uns dies ençà trobava la meva filla gran molt aspra, ella, que no ho havia estat mai. Crec que es rebel·lava contra la malaltia i contra el meu sofriment, però sense voler-ho, en lloc de considerar-me la víctima, me'n feia culpable. El seu contacte físic sempre era forçat i no podia evitar de mantenir un rictus amarg a la boca. Em sembla que no estava acostumada a veure'm en una situació de feblesa. La Neus sempre m'ha considerat la seva fortalesa. Passats els tràngols de l'adolescència i la seva primera i rebel joventut, la nostra relació es va mantenir en perfectes condicions, sòlida i afectuosa, mentre era ella qui depenia de mi. Tanmateix, els dies posteriors a la químio, que jo estava dèbil i em trobava malament, quan suposo que semblava més vella que mai, la sentia allunyar-se de mi, malgrat que era l'única filla amb qui convivia. Ara que ho he dit en veu alta, em sembla que ho acabo d'entendre: potser era per això, perquè convivíem. Recordo que aquells dies llegia una novel·la de la Carmen Martín Gaite, *Lo raro es vivir*, i que vaig trobar-hi aquesta frase: «la necessitat que ens estimin ens torna vulgars». L'hauria pogut escriure l'Elisa, que amb consideracions com aquesta deixa al descobert la noia de classe alta que encara porta amagada a dins, per més que faci anys que es dediqui a intentar oblidar-la. L'Elisa em feia molta falta, aquells dies. Amb els meus fills no podia mostrar-me ni per un moment tal com em sentia. El seu dolor em feia patir, la meva ànima de gallina ponedora no em deixava estar tranquil·la i el seu sofriment incrementava el meu. Amb l'Elisa hauria estat diferent i no vull dir amb això que ella no pateixi per mi. Però l'Elisa pateix relativament. En la meva amiga, tot és relatiu. «No ens convé ser tan evidents», deia la Gaite. Jo no volia ser ni evident ni vulgar, però volia que m'estimessin.

—Però suposo que saps que els teus fills t'estimen...

És clar que sí, mai no n'he tingut cap dubte. Tots, a la seva manera, però és molt difícil veure sofrir algú que estimes i, aleshores, el nostre amor es disfressa de fredor, o es distorsiona fins a semblar compassió.

Aquells dies, quan em despertava, el meu primer pensament, el primer desig, era que ningú no entrés a l'habitació abans que jo pogués revisar el meu aspecte. Ho pensava quan veia el coixí tacat de sang seca. Les crostes dels llavis s'anaven desprenent i, a la nit, les llagues em devien rajar. El meu primer contacte amb el cos, en despertar-me, era amb la boca. Encara tenia les genives plenes d'aftes i els cabells em queien a cada cop de pinta. No volia de cap manera que cap dels meus fills o néts em veiés abans jo pogués fer-hi alguna cosa. Sortia del llit sigil·losament, amb els ulls plens de llàgrimes, desitjant haver pogut refugiar-me en aquell son ferreny, profund de quan era jove...

Aleshores m'acostava a la finestra i veia la plana estesa al meu davant, aquella llum empordanesa incomparable, el Montgrí al fons, i en algún racó de mi mateixa, una veu coneguda, la veu de la Valèria jove i sana, optimista i vital, renaixia finalment.

De vegades, entre setmana, apareixia la Martina per sorpresa. Un dia portava una vara de nard perfumada, bellíssima, d'altres un grapat de figues de coll de dama, les meves preferides. La Martina sempre posa un toc de delicadesa i d'extravagància a la meva vida.

Va ser una nena divertida, amb ocurrències que ens feien riure sovint. Va ser una adolescent problemàtica, extremament independent. I ara és una dona d'una bellesa salvatge, una mica inquietant.

La Martina és arquitecta, però ja fa anys que es dedica exclusivament al paisatgisme, al disseny de jardins. És una professional de reconegut prestigi en aquest àmbit. Es guanya molt bé la vida. Viatja molt. No sé si és feliç. Crec que té atacs de felicitat que li duren un sospir, però tampoc no l'he vista mai trista per més d'una estona. Sap fugir de la tristesa, i de l'angoixa, per això, aquells dies, venia a veure'm poc.

Quan ho feia —amb un llibre de poemes de Pavese, amb una brancada de mimosa—, em convidava a compartir un capvespre al jardí. Ens assèiem a les butaques de vímet, l'una al costat de l'altra, i contemplàvem el cel en aquella hora dolça i trista al mateix temps, quan el dia comença un adéu que va matisant la llum del groc fins al malva, i recordàvem la Max petita quan es posava aquelles ulleres de sol meves i deia: «Ho veig tooot lila...».

La Martina i jo comentàvem el dibuix d'aquell núvol que s'esquinçava a l'horitzó, o escoltàvem atentament el xiulet de la tramuntana que s'anava acostant. Per una estona, aconseguia oblidar-me del càncer, de la químio i de les llagues a la boca. Cap dels meus altres fills veu el món amb els mateixos ulls que jo. La Martina sí. Però de seguida li venia la pressa per marxar. Aquest és el secret de la seva felicitat: no allargar els moments bons, no desgastar-los. Marxava i jo em quedava allà asseguda fins que la Neus em feia entrar perquè refrescava.

A casa de la Valèria sempre hi ha flors fresques. Avui són tulipes grogues que presideixen la taula de centre en un gerro de vidre. Ella seu al sofà, recolzada en un coixí quadrat enorme de tons blaus i verds. Mentre conversem, la Valèria agafa un coixí una mica més petit, folrat amb la mateixa roba blavosa, i se'l posa distretament damunt la falda. De tant en tant passa a mà per la roba, com si l'amanyagués. Estic tan concentrat en les seves paraules que no sento cap soroll, com si ella i jo estiguéssim tancats en una habitació de vidre hermèticament aïllada.

A mesura que passava l'estiu em reconeixia més refeta i contemplava amb una certa serenor la possibilitat de tornar a instal·lar-me a casa, a l'Escala, per rebre tranquil·lament la tardor. Però al final d'agost, un dinar frugal a casa d'en Guillem va desembocar en un vòmit violent i en un tremolor intens que no m'abandonava. El metge va decidir el meu ingrés immediat a l'hospital.

Hi vaig passar dotze dies, immersa —ja em perdonaràs— en la merda, i no parlo en sentit figurat. La químio m'estava provocant unes diarrees cada vegada més freqüents i em deshidratava. El meu aspecte era tan lamentable que vaig demanar que els néts no em vinguessin a veure.

—Quants néts tens?

—Des de fa vuit dies, quatre! No m'ho pensava que la Neus en tingués un altre, després de tants anys! Em feia molta por, pànic, morir-me abans que nasqués aquest nen. I no és per mi. Jo ja sé que no el veuré créixer... és per ella, per la Neus. Imagina't, sense poder oferir el seu fill a la seva mare...

Perquè aquest és el sentiment que tenim quan ens trobem al mig d'aquesta cadena, entre els nostres pares i els nostres fills: som la baula que la lliga fort, que no permetrà que la cadena es trenqui, i els nadons es converteixen en ofrena per a aquelles persones que ens han permès arribar fins aquí.

Així és com jo em vaig sentir cada vegada que li vaig dir a la meva mare: «Mira, aquesta és la teva néta», aquella Neus grassoneta i ploranera; i al cap de dos anys: «Mira, aquí tens el teu nét», aquell nadó d'ulls líquids, que dibuixava somriures acabat de néixer només per mi. I per tercera vegada: «Mira, la teva segona néta», aquella Martina de pell blanca i ulls transparents, i finalment, «Mira, aquesta és la teva néta

Màxima», aquella criatura petitíssima, allunyada de nosaltres per un vidre, lluitant esforçadament per respirar.

La mare va tenir predilecció per aquesta petita Max que es va pensar que no veuria gran. Potser perquè la veia tan dèbil, potser perquè en aquells rínxols vermells hi veia la Valèria petita...

Però... tornant a l'hospital... Aquells dies que vaig passar en un estat físic tan lamentable, em van retornar la bondat, per estrany que sembli.

Vaig passar de ser la dona exasperada dels primers temps de la malaltia, a la dona agraïda. Tot d'una, vaig començar a veure bon cor a tot arreu: les infermeres, els zeladors, les dones de fer feines, cadascuna d'aquestes persones va tenir un gest, un mot o un somriure que jo agraïa. Potser és que quan contemplem els rostres dels altres des de la posició horitzontal, els veiem envoltats d'una mena d'aura: la que els confereix el fet de no saber que la seva activitat, la seva autonomia, la seva mobilitat, pot desaparèixer en qualsevol moment. L'aura de la innocència, no de la ingenuïtat infantil, però sí d'una innocent confiança en la vida. M'inspiraven alhora gratitud, compassió i enveja.

Quan em quedava sola a l'habitació, en aquell llit de llençols netíssims, jo mateixa purificada i perfumada, tancava els ulls per viure plenament aquell instant de benestar i de fe en els homes i les dones, en la vida.

Abans de donar-me l'alta, apareixia l'arcàngel Sant Gabriel. Era una noia rossa, ull-blava, amb un elegant mocador de seda natural al coll, que no sé quina mena de càrrec administratiu ocupava a l'hospital. Tot i que m'havia vist tres o quatre vegades, em saluda simplement amb el mateix somriure correcte i inicia l'interrogatori que ja em sé de memòria. Em pregunta si he tingut alguna malaltia important. No. Tret d'aquest càncer, he estat sana com una ametlla. Avortaments? No. He tingut embarassos i cap no va ser problemàtic. Cesàries? No, tots quatre van néixer pel mètode tradicional: empenyent amb totes les meves forces. Criança natural?, pregunta l'arcàngel. Responc afirmativament mentre faig una llambregada eloqüent als meus pits, que s'intueixen pansits a sota de la camisa de dormir. Fuma? Beu? No i no. He fumat i m'ha agradat el vi, però ja fa anys que no em ve de gust. Si dormo bé, com funcionen els meus intestins... I la noia rossa tanca la carpeta i desa el bolígraf. D'acord, doncs, moltes gràcies. I es pensa que ja ho sap tot de mi. Però no m'ha preguntat quants morts duc a dins, quanta violència he vist, quant de dolor s'acumula dins meu, com les caixes que omplen les panxes dels vaixells de càrrega, quantes rebel·lies he sufocat, quina mena de frustracions i desenganys he anat acumulant per arribar a ser la dona que sóc ara. Creuen que tot això no té res a veure amb el meu diagnòstic. Potser no. O potser si els metges fessin aquesta fitxa paral·lela entendrien coses que ara els resulten científicament inexplicables i aplicarien remeis més eficaços que els convencionals.

Va venir l'oncòleg per explicar-nos que hauríem d'aturar —en realitat, deixar— el tractament amb quimioteràpia. El meu pobre cos no ho resistia. Va dir-ho enmig del silenci sepulcral de la meva família i tot seguit va començar a divagar: que si ja buscaríem una solució alternativa, que de moment calia que em refés —havia perdut quatre quilos en les dues últimes setmanes.

Suposo que en aquell mateix instant hauria d'haver entès que m'estaven comunicant oficialment la meva sentència de mort, però si et dic la veritat, em sentia eufòrica. Només podia pensar que s'havia acabat el turment de la quimioteràpia i que, de mica en mica, recuperaria la pell, els cabells, el son, la gana i el delit de viure.

És curiós, aquell dia era probablement l'inici de la fi, i jo em sentia com si fos el primer de la resta de la meva vida, com diu el tòpic.

Em vaig tornar a instal·lar a casa de la meva filla gran. Ella entrava i sortia de casa, els nens arribaven de l'escola carregats amb la motxilla, les carpetes i els abrics, els del supermercat portaven la compra, sonava el telèfon i era el pare de les criatures, el meu gendre, des de la consulta... la vida circulava entorn nostre sense parar, encerclant-me en una bombolla de qüotidianitat, en aquella tebior de la vida familiar que ja no recordava, i jo em deixava portar. Era conscient que aquella no era *la meva* vida, però era vida. Sense projectes, però sense basarda. M'hi conformava.

—Et trobaves bé?

Sí! Cada dia millor. El menjar tornava a tenir gustos diferents, la vella carcassa anava recuperant energia, podia dormir tres i quatre hores seguides...

Al cap de dues setmanes, vaig començar a necessitar activitats. La dona de fer feines no em deixava fer res de les feines de casa per ajudar-la —crec que tenia por que la renyessin, per més que jo insistia a explicar-li que m'agradava fer-ho—. Així que, finalment, vaig gosar preguntar a la meva néta si els podia ajudar a estudiar o a fer els deures. Va ser un autèntic descobriment.

La Judit té deu anys i és una nena discreta, com un dibuix d'aquells que fa ella, fet amb molta cura i pintat amb llapis de colors de tons pastel, molt fluixet, molt fluixet. És una nena sense estridències, amb els ulls de color avellana, els cabells de color mostassa, plens d'ondes suaus i la pell clara i llisa com una platja. El seu germà, l'Àlex, té cinc anys i és un tabalot. El seu cervell funciona massa de pressa per l'edat que té i la llengua no hi arriba. Aleshores es trava, quequeja una mica, s'enfada i acaba rebotent el que tingui a la mà en aquells moments. Els ulls, foscos i molt grossos, s'encenen de ràbia i tu has de lluitar perquè no se t'escapi el riure, de veure aquell esquitx ple d'indignació.

Passar llargues estones amb ells va ser tot un descobriment. Va ser a partir del moment que em vaig començar a trobar millor. Amb els anys que fa que els meus fills són adults, havia oblidat que la mainada és una font d'estímuls, de diversió, de sorpreses i de reflexions. A les tardes, quan la Judit arribava, m'acompanyava a passejar. Em costava un gran esforç però sabia que necessitava airejar-me, la pell se m'estava esgrogueint. Quan tornàvem de fer el tomb jo m'asseia amb la nena a repassar els deures que havia fet i a ajudar-la si tenia algun dubte. El petit s'hi afegia i ens destorbava amb el seu pujar i baixar de la cadira, les seves preguntes absurdes, les seves rialles estimulants.

Al segon o al tercer dia de fer els deures amb ella, la Judit em va preguntar si jo era mestra. Es veu que trobava que ho feia prou bé. Li vaig dir que no, que jo era, havia estat, arqueòloga i, per descomptat, va voler saber què volia dir aquella paraulota impronunciable.

I què és ser arqueòloga, per una nena de deu anys? Em vaig armar de valor i vaig dir: jo em dedicava a buscar coses que han quedat amagades i que feien servir les persones que han viscut abans que nosaltres, molt abans.

—Coses dels teus pares? —va preguntar la Judit, a qui suposo que els meus pares li semblaven tan antics com l'home de cromanyó.

Aleshores vaig començar a explicar que en aquest país nostre, on vivim ara, fa molts i molts anys l'havien habitat altres persones que arribaven en vaixells de molt lluny i que fundaven ciutats i hi vivien a la seva manera, i que jo volia saber com s'ho feien, quins costums tenien, i que la forma de fer-ho era buscar què en quedava de les seves cases, dels seus carrers, i dels objectes que feien servir.

Just en el moment que havia pronunciat les paraules *arribaven en vaixells de molt lluny*, l'Àlex, que no m'havia prestat atenció ni per un segon, va alçar els ulls i es va quedar escoltant, llapis en mà a mig camí de la taula on pintava.

I a partir d'aquell instant, els meus néts i jo vam encetar una relació diferent i molt intensa. A aquestes alçades de la vida, l'arqueologia em tenia reservat encara un altre regal que jo ja no esperava.

Cada vespre, quan arribava la Neus, ens trobava tots tres asseguts entorn de la taula plena de llibres, paperots i fotografies que jo m'havia fet portar des de casa. La Neus contemplava la seva filla, admirada, sorpresa d'aquell interès nou que li feia obrir els ulls i les orelles. I el seu petit tabalot, per una vegada quiet i en silenci! De vegades, la meva filla es quedava una estona a l'habitació, escoltant com jo parlava d'àmfores que transportaven vi, oli i garum, de vaixells enfonsats a la costa d'Empúries, de vasos de ceràmica esbocinats, de minúscules figures femenines de marbre. Em sembla que no m'equivoco si dic que la Neus va descobrir en la seva mare una altra dona, una dona que havia tingut una passió oculta, tot un món secret ple de tresors i que, en certa manera, em va recriminar que no hagués trobat la manera de compartir-lo amb ella i els seus germans quan eren petits.

Al final de setembre vaig saber que havia mort en Jordi Trias, el marit de la Rosamaria Forcada, la meva amiga de la infància... no te n'he parlat, oi?

—No, però ho pots fer ara...

Érem amigues íntimes des de petites, ho vam ser fins que vaig entrar a la Universitat. En aquell moment jo em pensava que la distància —que aleshores, entre l'Escala i Barcelona, era molta— acabaria amb la nostra tendra amistat. Havíem estat acostumades a veure'ns diàriament i el fet de passar un mes separades em semblava un obstacle insalvable per continuar mantenint una relació estreta.

Però la veritat és que no va ser la distància, ni les llargues separacions, el que ens va acabar allunyant. La distància que es va crear entre nosaltres no es podia comptar ni en quilòmetres ni en setmanes...

La nostra amistat es va anar aprimant molt a poc a poc, de forma gairebé imperceptible. De tant en tant, la Rosamaria em deia que jo havia canviat, i suposo que era veritat: havia incorporat amistats noves, costums diferents, vocabulari modern, somnis que ella no podia imaginar.

Cada vegada que tornava a casa jo notava que la comunicació entre nosaltres dues, que sempre havia estat facilíssima, trobava certes dificultats. Era un procés que avançava lentament i de manera molt lleugera, però sense aturar-se.

Quan vaig començar a festejar amb en Quim, vaig pensar que la relació amb la Rosamaria tornaria a ser la d'abans, perquè tornàvem a tenir un llenguatge comú, però em vaig equivocar. Per aquella mateixa època ella va començar a festejar amb en Jordi Trias i, amb la incorporació dels homes al nostre cercle íntim, la distància es va fer insalvable. En Jordi Trias era —que descansi en pau, pobre— la personificació de tot allò que en Quim i jo rebutjàvem: pretensiós i pedant, presumia a tota hora del seu recent estrenat títol de «doctor» i ens mirava des de dalt del seu pedestal, sobretot a en Quim, que, a més de no tenir carrera, permetia que la seva dona sí que en tingués, i que exercís, encara que fos tímidament, la seva professió.

Les trobades i les telefonades amb la Rosamaria es van anar espaiant, i la nostra relació es va reduir als encontres casuals al casino o pel carrer.

Tot i així, quan vaig saber que en Jordi Trias s'havia mort, li vaig telefonar. Havia mort d'un càncer de pàncrees fulminant i la Rosamaria em va semblar, més que trista, molt desvalguda.

Cada cop que mor algú de càncer és com si tots els malalts estiguéssim a la cua del cinema, l'un darrere l'altre, avançant a poc a poc cap a la taquilla. L'única esperança és que, en arribar-hi, ens diguin que s'han acabat les localitats, abaixin la finestreta i haguem —puguem— esperar fins a la pròxima sessió.

—L'has vista més, la Rosamaria?

Sí, vaig anar a veure-la a casa seva per donar-li el condol. No puc dir que m'hi sentís incòmoda, però em va semblar que havia passat la tarda fent companyia a una senyora gran que s'havia quedat vídua, com si no fos una dona com jo, la dona que havia estat tan a prop de mi, fa molts anys.

Ella era una àvia que havia reduït el món a la saleta de casa seva, on rebia les visites dels fills i dels néts i d'alguna amiga. Em va dir que no sortia de casa ni per anar a plaça. És curiós, ella que té bona salut i tanta fortalesa física, només vol que els seus dies passin plàcidament, l'un darrere l'altre, en un ensopiment que a mi em mataria més de pressa que el càncer. Potser és que jo sé que tinc un termini, que en qualsevol moment poden tornar a obrir la taquilla del cinema... Justament aquell dia, tornant de casa de la Rosamaria, em vaig començar a trobar malament. Em feia mal el ventre i no em podia adormir de cap manera. La Neus em volia dur a l'hospital però li vaig demanar que esperéssim que es fes de dia. Vaig passar la nit del llit a la butaca, prenent til·les i mirant el rellotge. A les set del matí vam trucar als nois i vam anar cap a l'hospital.

L'expressió del metge em va anunciar la recidiva abans

que ho fessin les seves paraules. Davant de la meva absència de reacció, en Guillem, que havia arribat el primer, em va dir, afectuós: «Que bé, mare, que siguis tan valenta». Jo el vaig mirar amb un gran somriure: «Tot anirà bé, fill».

I no li vaig dir que no era valentia, ni serenitat, sinó pura incredulitat. Jo sabia que una recidiva tan ràpida era el final de tot, que ja no hi havia sortida, que aquesta vegada hi hauria localitat per a mi al cinema.

Em vaig quedar ingressada per esperar l'operació. Però tot això t'ho explicaré demà, ara estic cansada.

Capítol 3

La Valèria em rep amb un vestit de color verd fulla. Els cabells, curts i espessos, d'un gris com de pedra, tenen un aspecte més suau que altres dies. Potser ha anat a la perruqueria. Li dic que té molt bon aspecte i quan somriu per agrair-me el compliment, els ulls se li fan petits i els pòmuls sobresurten. La malaltia apareix, m'ofereix el seu rostre diabòlic, per deixar clar que encara l'habita.

«Doncs tu no fas gaire bona cara», em diu, sorneguera. «És que no m'he afaitat», m'excuso. «Com et trobes avui?»

Millor, he descansat força, aquesta nit. A veure. On érem? Ah, sí: també em van treure l'úter. Quan em vaig despertar de l'anestèsia tenia el pensament ple de bocins d'àmfora. Fragments de ceràmica, peces d'un puzzle que no encaixaven. Parts que havien estat un tot i que havien conformat un envàs preciós, que havia acollit líquid amniòtic i batecs de cor. Les mans d'en Quim, aquelles que jo havia besat amb pluges de petons petits tantes vegades, ara arrugades i plenes de sorra, insistien a unir els trossos, maldaven per reconstruir un cos, però hi faltaven petites engrunes d'argila i no hi havia manera que trobés la silueta.

Vaig tenir molta febre en el postoperatori i vaig passar els primers dies en un estrany estat de vigília, entre el son i la consciència, que m'impedia saber quan estava desperta i quan tornava a somiar.

Una nit vaig sentir la seva veu que mormolava paraules antigues i em deia cos d'àmfora, però quan volia respondre, quan tota jo, els ulls, les mans, la veu, lluitaven per respondre, l'àmfora s'esberlava i quedava feta miques.

Quan, al cap d'uns dies interminables, em vaig poder llevar i em van autoritzar a fer una breu passejada pel passadís, em sentia ingràvida. Vaig pensar que aquella sensació de no pesar, de tenir el cos buit, em recordava la sensació d'acabar de parir. L'havia sentit quatre vegades, però en aquelles ocasions, la buidor era només física perquè el nadó que em reclamava des del bressol m'omplia de seguida de calidesa.

En canvi, aquesta vegada, a l'esvoranc intern s'hi afegia el despoblament del meu esperit. No sé com explicar-t'ho perquè se'm fa difícil parlar amb tu de premonicions i mals averanys, però el cert és que jo pressentia el final i era com si la vida se m'anés escolant per aquell forat virtual que jo sentia a la panxa.

Els fills venien i feien plans per veure a quina casa m'instal·larien ara, i jo callava, perquè no gosava dir que aquesta vegada el termini era curt, que no calia fer grans plantejaments, que jo tenia un peu i mig fora d'aquest món.

Però el dia de marxar de l'hospital va acabar arribant, és clar, i s'havia de fer alguna cosa amb mi. Aquesta vegada, vaig demanar que em deixessin tornar a casa. Jo tenia la certesa que em quedaven quatre dies i volia viure'ls entre els meus llibres i els meus quadres, escoltant la meva música, mirant les meves velles fotografies, a prop del meu paisatge. La Max es va oferir per venir a fer-me companyia a les nits. De dia, la Neus i en Guillem, que són els que viuen a prop, fan torns. Els ho agraeixo molt, tot i que potser no caldria...

La Màxima és la petita, tot i que ja té trenta-quatre anys. És l'única que no s'ha casat i viu sola en un apartament petit i lluminós a Girona, però sol viatjar molt. Es dedica a la fotografia. Fa reportatges per a revistes i dominicals, o per a catàlegs de moda. És una vocació que no em va sorprendre gens: sempre ha tingut un gran capacitat d'observació. El seu caràcter també és així: observa la realitat sense gosar penetrar-hi, potser —qui ho sap— aquest és el motiu pel qual no ha aconseguit establir una relació de parella que inclogui compromís.

Quan arriba a casa cap al tard, prepara alguna cosa i ens asseiem a sopar i m'explica anècdotes que em fan riure, de les models que han de posar en banyador a temperatures gèlides o amb abric de pells en plena canícula, o dels reportatges fotogràfics amb bebès, on el conflicte no ve de la mainada, sinó dels seus pares, que es fiquen en tot.

De vegades, en lloc de parlar de fotografia, mirem els nostres àlbums familiars. L'altre dia li vaig dir que ella també hauria pogut fer anuncis, de petita. Era una nena molt bonica: aquells cabells de color panotxa pentinats amb dues cuetes que se li cargolaven i els ulls verds i ametllats. Tenia —encara el té— el clot a la barbeta com el seu pare.

Amb els ulls fixos a les fotografies de l'àlbum, passejant suaument la mà pel damunt del paper transparent, em va contradir. «No, jo no hauria pogut fer anuncis, perquè era una nena trista».

Ni ella, ni probablement ningú no sabrà mai el mal que em van fer aquestes paraules. Les havia dit sense fer-ne retret, sense compadir-se, però tant ella com jo sabíem que s'ajustaven cruelment a la veritat. La Max només tenia dotze anys quan el sostre es va enfondrar damunt de casa nostra, quan els fonaments van començar a tremolar, quan les parets van esquerdar-se. Va passar de ser la més petita i protegida d'una família feliç a la més involuntàriament ignorada per part de tots els altres que, cadascú al seu racó, no teníem forces per a res més que per llepar-nos les ferides.

La seva mirada encara innocent va acusar la por i el dolor que vivíem a casa, el silenci que la rebia quan arribava de l'escola, la indiferència —o l'atenció forçada i actoral— que li dedicàvem.

Tot això és cert i jo ho he sabut sempre, però aquell vespre, asseguda amb ella a casa meva, amb les fotografies antigues a la falda, aquella constatació em va semblar la cosa més trista que em podien haver dit. La meva Max, l'última dels meus fills, la meva petita, aquella per qui jo inventava contínuament noms diferents, perquè sabia que el seu nom no li agradava, i que tampoc no li agradava com li escurçaven els seus germans. Aquella nena per la qual jo buscava paraules dolces: sucre, mel, dolçaina, biscuit, havia crescut sense donar-me temps ni oportunitat de compensar-la per haver emplenat de tristesa els anys que haurien d'haver estat alegres. No l'havia pogut consolar com jo hauria volgut, bressolant-la i fent-li manyagues, mormolant-li paraules amoroses a cau d'orella. I quan els anys van posar damunt les cicatrius aquell tel que les dissimula, quan vaig poder tornar a mirar entorn meu a veure què podia fer, la Max ja no era una nena petita, era una adolescent reservada i discreta i sí, encara tenia la mirada trista.

Aquell dia que miràvem fotografies, les llàgrimes em queien gruixudes i calentes damunt de les mans i la meva filla no va dir res: no em volia fer sentir culpable, però tampoc volia mentir-me.

—Estàs cansada. Marxo. Ja tornaré demà.

Reprenc la llibreta groga dels primers anys. Vaig a les darreres planes per retrobar la història d'amor adolescent.

Barcelona, 8 de novembre de 1946
Residència de les Teresianes

Ha arribat carta d'en Quim. És la tercera des de l'estiu (i m'ha arribat oberta, com totes les altres, les monges obeeixen ordres del meu pare). Abans de llegir-la, ja em queien les llàgrimes cara avall. Era una carta breu i senzilla, sense cap exigència ni cap retret. Deia que només m'escrivia per fer-me constar que pensa en mi. L'he enyorat amb tanta fúria que em feia mal el pit i tot i aleshores he sabut que no respectaré les promeses que vaig fer als meus pares i, malgrat la prohibició taxativa, li he escrit per dir-li tot això.

Al vespre, ho he explicat a les companyes d'habitació, la Mercè —mallorquina— i l'Estrella —aragonesa—. M'escolten com si veiessin una pel·lícula de l'Ingrid Bergman i en Humphrey Bogart. Troben que la meva història d'amor és terriblement romàntica, però no saben el neguit que em provoca, la basarda que em fan els meus pares i el desassossec que em generen aquests sentiments que, n'estic segura, em portaran pel camí del pecat.

La Mercè em recomana que demani consell al confessor i que segueixi estrictament les seves indicacions. M'envegen i em compadeixen.

Barcelona, 10 de novembre de 1946
Residència de les Teresianes

Cada setmana, quan arriba el dia de la confessió, em poso malalta. La veu del capellà m'arriba llunyana, amb dificultats per entendre-ho tot, però sempre escolto les paraules temudes: *condena, tentación, infierno, penitencia, escándalo.*

L'Elisa se'n riu de mi, les altres em recomanen prudència, però totes diuen que els agradaria viure una història d'amor com la meva, clandestina i dramàtica. Estan boges. No en tenen ni idea dels dubtes i els remordiments que m'enceten per dins. Em fa por i tristesa ferir deliberadament els meus pares, aquestes persones bones de veritat que m'han estimat i protegit sempre. I encara m'espanta més, m'horroritza, la idea de condemnar-me arrossegada per aquest enamorament.

Aquesta breu entrada del 10 de novembre tanca la llibreta groga. La següent és una mica més gruixuda. La coberta és de color gris perla, amb sanefa daurada que ressegueix el rectangle. Amb tinta negra i uns números molt historiats hi ha escrit 1947/1948.

Barcelona, 10 de gener de 1947
Residència de les Teresianes

La meitat del jovent de l'Escala ha participat aquest Nadal d'una conxorxa perquè en Quim i jo ens poguéssim veure sense riscos. Les cites, dues, s'han produït a la platja, amb vigilància extrema. A la segona, per acomiadar-se —i com que és de preveure que passarà molt de temps abans no ens tornem a veure—, m'ha fet un petó a la galta. M'he encès com una torxa per dins. No sé destriar si és la vergonya o el penediment allò que em fa cremar. O potser, Déu no ho vulgui, és la felicitat que aquest petó m'ha proporcionat.

Si és així, demà m'hauré d'anar a confessar...

Aquests dies he anat a missa diària. L'església de Sant Pere és més acollidora que la capella de la Residència. A la confessió de dimecres vaig haver de parlar del que va passar per Cap d'any. Mossèn Anton m'ha confirmat que l'alegria intensa que vaig viure aquella nit i els dies posteriors és desproporcionada i pecaminosa, i que no he de donar tanta importància als plaers terrenals.

N'estic tan avergonyida que ni tan sols ho havia ressenyat en aquest pobre diari meu, però malgrat els advertiments de mossèn Anton, no vull renunciar a deixar-ne constància per escrit: per Cap d'any vaig tornar a Barcelona expressament perquè l'Elisa m'havia convidat a la festa que es feia a casa seva. L'ocasió també celebrava la posada de llarg de la seva germana Júlia.

La meva mare, mareta, marona va encarregar a la senyora Marcel·la, la modista, que em fes un vestit de nit. Era un núvol d'organça blanca amb un pom de lilàs a la cintura. «Valga'm Déu», deia la senyora Marcel·la, «si la puc estrènyer amb les mans!». Jo no volia que me'l cenyís tant perquè em feia destacar l'amplada dels malucs per contrast, em feia «cos d'àmfora», que diu en Quim, però fins i tot el pare em va dir que estava preciosa. La festa em feia una il·lusió gran fins al moment que em vaig veure asseguda al taxi, vestida de fada, i em va semblar que tothom s'adonaria que era una noia de poble i que aquell era el meu primer vestit de nit. Llavors em vaig deixar endur pels nervis i quan l'Elisa em va venir a rebre al llindar de la porta, vestida de color blau marí, jo tremolava com una fulla. Darrere seu veia un saló resplendent, els músics vestits d'esmòquing, noies bellíssimes que reien i movien les cabelleres. Em sentia totalment fora de lloc i hauria pagat diners per ser a la saleta de casa dels meus pares, a l'Escala.

Però l'Elisa m'agafava fort pel colze i m'anava presentant els seus pares, les seves germanes —daurat, maduixa, negre i malva— i el seu germà Gabriel —Cary Grant a *Historias de Filadelfia*—, que em va convidar a ballar.

Més tard, al jardí, vaig sentir a parlar per primera vegada de Joan de Borbó i d'un general monàrquic, anomenat Aranda, que en Franco ha desterrat perquè fa nosa al règim.

Jo havia fet el mateix paper d'estrassa ballant amb el vestit de nit que en aquesta conversa sobre política.

Barcelona, 17 de maig de 1947
Residència de les Teresianes

Pobre diari meu, quantes setmanes sense escriure! Ja et pots imaginar quina és la meva situació: estudio, estudio i estudio. Avui no hi ha classe perquè ha vingut el Generalísimo a Barcelona.

Les cartes des de l'Escala arriben cada vegada més sovint i la setmana passada en Quim em va posar una conferència...! És un sol. L'estimo! Quina fatalitat més dolça...!

He acabat de llegir *Maria Antonieta*, de Stefan Zweig. És una obra, millor dit, una vida, realment meravellosa, i el retrat de l'escriptor és tan exacte, tan personal... les escenes es van succeint d'una manera que et fa oblidar la fredor de la història, i sents que les coses han de passar fatalment, sense que res pugui oposar-s'hi. La seva manera d'escriure és tan admirable que m'ha fet sentir el segle XVIII aquí mateix, amb els seus luxes i les baixes passions de la cort.

La Maria Antonieta fou, en veritat, una dona molt desafortunada, que no va entendre res fins que va començar a entendre's ella mateixa... podríem dir que fou un caràcter depurat en els horrors de la revolució francesa. Crec que aquella revolució va descobrir a la humanitat que les monarquies només poden sobreviure si entre l'aristocràcia i el poble hi ha comprensió, per això estan desapareixent les monarquies absolutes, perquè des de la revolució francesa, el poble sap que té a les mans la força bruta i que pot defensar-se. Jo crec que els règims que humilien els governats s'equivoquen i a la llarga...

Barcelona, 3 de juny de 1947
Residència de les Teresianes

Avui fa tres dies que no surto al carrer, visc entre llibres. En Quim m'ha vingut a salvar de la tristesa en el moment providencial. Quan més esgotada i desanimada em sentia, m'han avisat des de la porteria que m'havia arribat un paquet. He pensat que era de casa, amb galetes o qualsevol altra dolçaina. Però era de part d'en Quim! L'he obert morta de curiositat, perquè no m'imaginava què podia ser. I la sorpresa ha estat majúscula! Era una foto d'ell fent de Jesús a la passió del Centre Parroquial la Setmana Santa passada. Amb túnica i barba postissa i una mena d'aurèola entorn del cap que segurament era un truc de la casa de fotografia... m'ha fet una impressió! Com que és fosc de pell i té els ulls petits i negres i el nas molt recte, la veritat és que podria passar per jueu. Amb la fotografia, que ell mateix havia posat en un marc de fusta, hi havia una nota d'en Quim: «Les prohibicions sense sentit, cal combatre-les amb enginy». He entès immediatament què volia dir: les monges ens prohibien tenir fotografies dels amics, pretendents o promesos a les habitacions. En Quim sempre l'havia trobada una mesura exagerada i injusta i ara volia veure si les Teresianes també gosarien prohibir-me tenir el mateix Jesús Nostre Senyor a la tauleta de nit. Quina cara!

També hi havia una carta on em parla de la seva obsessió, «la dèria per les coses velles», en diu la meva mare. Des del començament d'estiu ha començat a recórrer tot l'Empordà per localitzar masies abandonades i entrar-hi. És incapaç d'endur-se'n res, és clar, però li agrada remenar a les golfes entre les andròmines plenes de pols. A la carta em parla del seu somni: poder comprar una d'aquestes cases mig en ruïnes, i refer-la, imaginar-la diferent, omplir-la d'antigalles que parlin dels avis i els besavis, fotografies esgrogueïdes, algunes retallades per les rates... Quan ell en parla, tot aquest món sembla tenyir-se d'una llum daurada i em deixo bressolar per les seves paraules... Però, i nosaltres? Quan podrem pensar a casar-nos? Ara que els pares sembla que comencen a conformar-s'hi, com és que en Quim no combina els somnis amb el realisme...?

Mira qui parla, jo que em passo els dies amb el nas ficat als llibres que em parlen de la Grècia clàssica i de la Roma antiga, del món medieval... sempre el passat. Però, i el nostre futur?

Barcelona, 21 d'octubre de 1947
Residència de les Teresianes

L'Elisa m'ha explicat que ahir va anar a visitar la seva tia, que està ingressada de fa anys en un manicomi.

M'ha assegurat que li agrada anar-hi, que els dements no li inspiren compassió, sinó curiositat. Per ella, un boig és una persona que ha perdut la raó perseguint una idea que li resulta transcendental. Segons l'Elisa, nosaltres, que estem bé, tenim el cervell tan ple de conceptes apresos o imposats, que no podem concentrar-nos en el pensament volgut. L'Elisa creu que en aquesta barreja d'idees que ens domina hi ha la veritable bogeria que, sent tan generalitzada, la considerem «normal».

M'ha convençut que el pensament d'un boig és moltes vegades més intel·ligent que el de qualsevol persona sana, perquè és lliure. Els dements concentren tota la seva intel·ligència en la idea que troben important, bàsica, en la seva vida. «És com si apaguessin tots els llums i només deixessin un focus damunt d'una sola idea», diu l'Elisa, «un pensament ple de claredat». M'he imaginat pensant amb aquesta llibertat, amb un raonament primitiu com el d'un salvatge o intuïtiu com el d'un infant i he sospitat com seria de senzilla la vida.

Mentrestant, el meu cervell «sa» continua embolicant-se en els dubtes, les pors i les esperances. En Quim m'escriu una carta que acaba amb un *adéu, nineta* que m'estova l'ànima.

—Què representa, per a tu, l'Elisa?

L'Elisa continua sent imprescindible en la distància. Hi ha una connexió immediata i infal·lible entre nosaltres, ja sigui per carta, per telèfon, en directe o només mental. Des del moment que va marxar a viure a l'estranger, tot just acabada la carrera, ens hem escrit regularment. L'he seguida per diversos països d'Europa i d'Amèrica, quan viatjava a l'Àfrica per fer-hi excavacions... La veritat és que si compto els dies que hem estat juntes físicament... ens hem vist poc. Quan torna és com si aquest país li cremés els peus. Quan arriba ja voldria tornar a ser fora.

Però per mi, com et deia, sempre ha estat imprescindible. Quan les coses anaven bé i jo em deixava neguitejar per qualsevol petit incident, per bestieses, o quan de veritat van arribar els cataclismes. Fos com fos, sempre m'ha semblat que l'Elisa hi era i que intervenia per asserenar-me. És com... a veure si m'entens, saps quan una taula balla? A mi em fa posar tan nerviosa, que una pota sigui més curta que les altres i no hi hagi manera de trobar l'estabilitat... Doncs quan a la meva vida hi ha passat això, l'Elisa ha aparegut sempre amb un paper doblegadet i l'ha col·locat a sota de la pota més curta. Un gest discret, si tu vols anodí, però que ha restablert l'equilibri i m'ha permès trobar la calma per poder reflexionar o actuar o simplement quedar-me quieta, però tranquil·la.

Entre les pàgines dels meus diaris hi trobaràs ple de cartes seves. No les guardava per raons sentimentals, ho feia perquè em sabia greu destruir-les, les trobava massa valuoses. Les cartes de l'Elisa, sobretot en els anys cinquanta i seixanta, quan aquí encara tot era en blanc i negre, les seves cartes m'obrien totes les finestres, em posaven al dia de les terribles convulsions que vivia Europa, em parlaven de llibres dels quals jo no tenia notícia, em dibuixaven paisatges que jo no havia de veure mai, em feien arribar les olors i els sorolls de les nits de París, o de Milà, o de Berlín. I eren unes cartes tan divertides! L'Elisa és ocurrent, un pèl cínica, i té una manera personal de manifestar el seu afecte. Personal però certa. Sempre m'he sentit estimada gràcies a les seves cartes, i això és molt d'agrair. Llegeix-te-les, ja veuràs quin contrast amb els meus diaris, tan convencionals, tan porucs. Jo vivia atemorida, tots vivíem atemorits, tret dels valents i d'algunes persones lliures per naturalesa com l'Elisa. Llegint els diaris t'adonaràs de com podia arribar a ser d'asfixiant aquella Barcelona dels anys 40.

—És clar, la dictadura estava en plena virulència.

Sí, és clar, però per nosaltres, per aquelles noietes ingènues i desvalgudes que érem, hi feia molt més la pressió religiosa que no pas la política. El franquisme no intervenia directament en la nostra vida diària —o aquesta és la impressió que teníem: no trobàvem a faltar allò que no sabíem que existia—. En canvi, la totpoderosa església catòlica, íntimament lligada amb el règim, dominava el nostre dia a dia, les nostres relacions personals, fins i tot els nostres pensaments.

Decideixo que llegiré les cartes de l'Elisa quan hi ensopegui entre les pàgines dels diaris, per conservar millor aquesta idea del contrast que em suggereix la Valèria. Ara torno a obrir la llibreta de la sanefa daurada i llegeixo.

3 de novembre de 1947
L'Escala

Feliç! Feliç! Feliç!

En Quim i jo estem units per sempre. Ens hem declarat el nostre amor i ens hem promès que el respectaríem tota la vida. L'escenari de la nostra cita ha estat, com sempre, la platja. Només eren les quatre de la tarda tocades però, com que ja som al novembre, començava a fer-se fosc. En qualsevol altra circumstància m'hauria fet basarda veure les ombres de les onades i les siluetes de les roques enmig de la foscor. Però en Quim era amb mi i m'estava dient que m'estimava i que avui ha començat la nostra vida en comú. Parlava amb una seguretat que em feia oblidar les amenaces dels meus pares, els terribles averanys de mossèn Anton, i tots els inconvenients que tindrem. No és cap ingenu: ell també sap que ho tenim difícil. M'ha parlat del temps que ens caldrà esperar, d'aquests dos anys que hem d'estar separats fins que jo acabi la carrera, de trobar una casa i una feina per mantenir-la. «Però com que ens estimem», ha dit, amb una senzillesa que em desarma, «ho aconseguirem». I ha preguntat: «No et sembla, Valèria?». I jo he contestat: «A mi em sembla el que em sembli a tu». I llavors en Quim m'ha agafat la cara amb totes dues mans i s'ha acostat molt i molt, fins que he pogut veure els meus ulls a dins dels seus ulls, i ha dit, molt fluixet: «Només penso una cosa: que t'estimo i només vull pensar-ne una altra: que tu m'estimes».

I llavors, m'ha fet un petó als llavis, breu i delicat, però suficient per fer tremolar el meu interior.

Barcelona, 2 de febrer de 1948
Residència de les Teresianes

Ahir es va estrenar *Gilda*. L'Elisa i jo no vam poder resistir la temptació de passar a prop del cinema, tot i que a mi em feia angúnia, com si només de veure els cartells anunciadors ja hagués d'anar a confessar-me.

Hi havia una cua de gent esperant per comprar l'entrada que no en podíem veure el final. Tanta gent disposada a pecar? Tots aquests estan condemnats!, deia jo. L'Elisa se'n reia, de mi, però jo li he recordat que l'església ho ha deixat ben clar, i les Teresianes també: qui vagi a veure *Gilda* s'haurà d'anar a confessar. «Doncs entrem-hi, i després ja ens confessarem!», deia l'Elisa, burleta.

«Ni parlar-ne!», he contestat jo, molt digna —però me'n moro de ganes, que consti.

25 de febrer de 1948

Ho he fet. He anat a veure *Gilda*. Hi hem anat tota una colla de noies de la Residència, i l'Elisa, i tres o quatre nois del curs. Mentre fèiem cua, estàvem mortes de por que ens veiés algú conegut i ho digués a les Teresianes. A mi també em feia pànic que passés algú de l'Escala i em reconegués.

La Rita Hayworth és realment espectacular. Quan ha arribat el moment que es treu el guant que li arriba fins al colze, la gent de la sala ha començat a xiular, i no distingíem bé si eren xiulets de censura o d'admiració pel cos de la Hayworth. Però quan en Glenn Ford li ha clavat la bufetada, molts s'han posat a aplaudir, així que devien ser xiulets de censura.

Sigui com sigui, a mi m'ha agradat moltíssim haver vist la pel·lícula, tot i que n'he sortit amb mal de cap, m'imagino que dels nervis que he passat. Divendres em confessaré.

Tornant del cinema, amb l'Elisa, hem parlat d'amor i hem constatat que tenim idees molt diferents al respecte. Ella assegura que l'amor és una qüestió secundària a la seva vida. Jo li he dit que és perquè encara no ha trobat l'Amor de veritat, que no està prou enamorada d'en Víctor. M'ha dit: «Potser tens raó, però igualment no sóc com tu, mai no ho deixaria tot per amor».

Barcelona, 23 de maig de 1948

En Quim ha vingut a Barcelona! Ahir! Vam passar tot el dia junts. Tot el dia! Al matí vam anar a Montjuïc i a la tarda a passejar pel barri gòtic. Caminàvem agafats de la mà i si en algun moment jo em deixava anar, ell em tornava a agafar de seguida, com si li fes por que fugís. Al vespre el vaig acompanyar a l'estació i va ser molt difícil dir-nos adéu. No sabem quan ens tornarem a veure ni què passarà aquest estiu. Li vaig dir que sospito que els pares m'enviaran lluny. Em va agafar la mà —sempre diu que li agraden les meves mans—, me la va fer obrir i va començar a fer petons breus i suaus al palmell. Encara em sembla sentir-los, com una pluja de petons.

Capítol 4

MARTINA

La tercera filla de la Valèria Isern és una dona d'aspecte delicat, gairebé fràgil. Els ulls semblen plens de boira perquè són d'un blau estantís, com un cel enganyós de primavera que podria deixar anar un ruixat en qualsevol moment.

La cabellera li sura damunt les espatlles com si fos l'escuma d'una onada que va i ve, entorn del coll, llarg i flexible com una vara de nard. Només hi ha una cosa que delata la seva autèntica naturalesa, que et fa intuir que no hi ha res més lluny de la fragilitat que aquesta dona, i és la seva veu.

No em vull enganyar respecte a la meva mare: crec que no superarà el càncer i que morirà en els pròxims mesos. Et fa angúnia sentir-me? Ho sento: m'estimo més ser-ne conscient i poder mirar-la d'una altra manera, més atentament, sabent que la trobaré a faltar.

La meva mare... és una presència molt poderosa a la meva vida, com és lògic. Totes les mares ho deuen ser... i suposo que els meus germans et diran el mateix. Però tot i així, i encara que resulti egoista o arrogant, et diré que jo estic segura que la meva mare i jo ens comuniquem d'una manera especial. Això no vol dir que la relació sigui millor, ni tan sols més intensa, però és diferent. Podríem dir que la meva família crea una música en comú i, després, per sota, o pel damunt, o en un altre pla, sona una melodia que només interpretem ella i jo.

També t'he de dir que crec que ella sempre s'ha refiat més de la meva germana Neus per a les qüestions pràctiques, i que se sent més reconfortada per l'afecte càlid d'en Guillem o per la tendresa de la Max. En la vida quotidiana, en els aspectes fonamentals ja siguin d'ordre material o espiritual, jo no compto gaire. No vull dir pas que n'hi faci retret: me n'he exclòs voluntàriament. La nostra comunió es produeix en altres àmbits: en la contemplació del Montgrí just en l'instant que la llum minva, en el descobriment d'un vers que encerta el què i el com, en l'esclat d'alegria quan floreix el primer ametller, en un silenci que acompanya o en una mirada més trista del que voldries.

És clar que tot això tan idíl·lic que t'estic descrivint, aquesta mena de lligam que ens uneix com una ombra del desaparegut cordó umbilical, ha començat a produir-se aquests últims anys. Fins fa poc, la meva mare i jo teníem una vulgar relació mare-filla: massa dominada per les típiques baralles generacionals i contínuament encallada en les disputes domèstiques. Jo sempre he estat rebel, massa agosarada, amb una llengua enverinada i una rabior que m'és impossible de controlar. Tot s'ha anat apaivagant amb els anys, a mesura també que la meva mare anava comprenent o acceptant amb resignació el fet de no poder interferir en les meves decisions. I ara, amb la malaltia, que ens estova totes dues, finalment hem après a deixar-nos endur només per tot allò que ens uneix, que és molt, i tot igualment intangible: la bellesa, la serenitat, allò que no es diu, allò que es recorda, el que és efímer i el que és perdurable, el jardí, la tendresa, el vent.

Ella, la mare, sempre diu que jo sóc la més Danés dels seus fills, i penso que potser és aquest el secret: exerceixo damunt d'ella la mateixa seducció que el meu pare. En certa manera sempre he pensat que ella voldria ser més exigent amb mi, tant o més que amb els meus germans, però sempre es rendeix. En certa manera es pot dir que l'enamoro.

La mare i jo no tenim por de la veritat. Estic segura que amb els meus germans no ha parlat ni una sola vegada de la possibilitat d'una mort propera. Amb mi sí. Sap que jo no em desfaré en plors com la Max, ni em tancaré en un mutisme una mica agressiu, com la Neus, ni negaré rotundament l'evidència, amb l'optimisme natural d'en Guillem. La mare i jo parlem de la seva mort, de quan no hi sigui, i això la tranquil·litza. Li he dit que em fa por que, quan ella no hi sigui, tothom creurà que jo seré la roca que sostindrà la família. L'he advertida que jo no podré consolar-los, que només he après a consolar-me a mi mateixa i amb prou feines. Qui aturarà el plor d'en Guillem, que ho inundarà tot com la crescuda d'un riu cabalós. Qui desfarà la tristesa de la Max per obligar-la a sortir del silenci. Qui calmarà la indignació de la meva germana gran, qui podrà escapar-se de la seva còlera.

Li dic tot això, li aboco les meves pors sense contemplacions, i ella ho entoma sense donar mostres d'afectació, les seves faccions pràcticament no s'alteren. No intenta fer-me veure que tot anirà bé, que el camí serà planer. No. La mare només m'escolta i diu: sí, noia, ho tindràs difícil. I afegeix: però us en sortireu.

És exactament el que em deia quan em vaig separar i l'anava a veure perduda i desconcertada, sense saber cap a on tirar. Te'n sortiràs, repetia.

I sempre li he agraït que em fes agafar confiança, com si em posés el braç damunt les espatlles i em guiés mentre jo caminava a les palpentes, dient-me: creu-me, trobarem el camí. I encara és més d'agrair si considerem que jo, en aquells dies, la feia directament culpable del meu fracàs. La meva teoria, elaborada en aquelles nits d'insomni que omplia de fum i de whisky escocès, era que jo havia crescut a l'ombra de l'amor dels meus pares, un amor poderós, indestructible, abassegador, que s'havia mantingut frondós al llarg dels anys i que havia reverdit amb les adversitats. Un amor que m'havia protegit i que jo havia admirat sense mesura, i encara més després de la mort del meu pare.

Em vaig enamorar buscant un amor com aquell, desitjant-lo i confiant cegament que si en Miquel i jo ens estimàvem, el nostre arbre també creixeria esponerós, i ompliria les branques de verd i projectaria una ombra acollidora com la dels meus pares.

Però amb l'amor no n'hi ha prou.

Li vaig retreure a la meva mare que m'hagués fet creure el contrari, que no m'hagués advertit que un amor com el seu és excepcional, que només n'hi ha un cada cent anys, i que hauria estat realment un miracle que me'n correspongués un a mi, precisament. Ells, els meus pares, havien posat el llistó massa alt, eren un model impossible de seguir. Ells havien provocat la meva ineptitud per mantenir viva una relació amorosa, ells havien fet niuar en mi una frustració que havia acabat devorant el meu matrimoni.

En Miquel i jo només ens estimàvem, i un amor com el nostre, normal, no havia estat prou fort per resistir els atacs perniciosos i reiterats de la convivència i de les nostres respectives i sòlides ambicions professionals.

La meva mare m'escoltava i deia: te'n sortiràs. I mai es va rebel·lar contra la meva absurda teoria. Tampoc mai, això és cert, va disculpar-se per la seva extraordinària història d'amor. Segurament perquè no la considerava extraordinària.

Estimar el meu pare li havia resultat tan natural com respirar.

I posats a fer-te un memoràndum dels moments que més he admirat i estimat la mare, que més sòlidament he sentit el seu afecte i la seva protecció, n'hi hauria d'afegir un altre. Va ser... encara no sé com vaig reunir valor per anar a demanar-li, precisament a ella, que em fes costat... però et juro que no vaig veure cap expressió de rebuig ni de censura. M'escoltava amb ulls atents i compassius mentre jo li deia que m'havia quedat embarassada just quan acabava de prendre la decisió de separar-me. I que no volia aquell fill, i que no pensava canviar d'idea respecte a la separació, i que volia avortar.

Primer em va preguntar si ja tenia dia i hora i amb un gest molt seu, agitant les mans davant del seu rostre, em deia que ja s'ho arreglaria per acompanyar-m'hi. Les mans es mouen i et diuen no cal que pateixis, cap problema, jo m'organitzo, tu tranquil·la. És el gest que la mare fa una vintena de vegades al dia amb qualsevol dels meus germans, amb la veïna, amb els néts. Que ningú s'amoïni, tot serà fàcil perquè jo ho arreglaré.

La segona pregunta, com no podia ser d'una altra manera, va ser per què rellamp vaig fer l'amor sense precaucions amb en Miquel si ja me'n volia separar. És una bona pregunta. Jo encara me la faig. Per què li vaig dir que es quedés a sopar si ell només venia per endur-se les caixes de pel·lícules i cedés? Per què em vaig mostrar extremament amable, potser fins i tot, sense voler-ho, una mica seductora? Per què no vaig frenar-lo quan em va proposar un comiat, només sexe, deia, per recordar com ens ho havíem passat de bé els anys que havíem estat junts?

I per què, finalment, vaig deixar-me convèncer quan em va demanar que aquella última vegada fos sense condó, que si mai no havia passat res amb tantes imprudències que havíem fet, devia ser que no em quedava embarassada fàcilment... que...

No sé encara com, però vaig poder explicar-li tot això a la meva mare, que va anar fent que sí amb el cap, com si m'entengués, o potser sí que m'entenia. De fet, m'entén. Potser més que ningú, perquè em coneix molt bé. Per això sabia que jo no volia tenir aquell fill, que en realitat mai no havia pensat a tenir fills, i encara menys em aquell moment, quan havia decidit que ja no estimava en Miquel, quan veia amb una certa expectativa un futur independent i lliure, ple de promeses en forma d'èxits professionals, d'estades a l'estranger per aprendre més, de coneixences interessants. Què en faria, jo, d'un fill?

I malgrat tot, em dolia pensar que li estava demanant comprensió a una dona que havia actuat just al contrari. Que s'havia dedicat amb intensitat a fer créixer els seus fills, deixant sempre en segon terme la seva ambició personal.

A l'adolescència, en aquells anys que descobreixes veritats ocultes cada dia i et sents empès a difondre-les a la resta del món, vaig enfrontar-me amb la meva mare per aquesta manera seva d'estimar. És a dir, perquè a mi em semblava que ella era una dona massa intel·ligent per dedicar la seva vida a cuidar i estimar una família. M'anava indignant a mesura que li llançava acusacions i preguntes a la cara: Com pots haver desaprofitat el teu talent d'aquesta manera? Per què vas estudiar, doncs? Per què et vas entossudir a fer una carrera si ningú t'ho demanava? De què t'ha servit ser una de les primeres llicenciades en arqueologia del país?

Ella aixecava les espatlles i somreia: no es pot tenir tot, deia. I després provava de fer-me entendre que la meva visió no s'ajustava a la realitat, que ella havia continuat estudiant i publicant, que havia fet col·laboracions puntuals amb museus o instituts arqueològics, i que ajudar el meu pare a l'empresa també li havia resultat una feina enriquidora, lligada d'una manera o altra amb la passió per conèixer el passat. Jo li responia des de la insolència dels meus setze anys: no em facis riure! Mira la teva amiga Elisa Saumell, quina diferència! Perquè l'amiga íntima de la meva mare, després de llicenciar-se com ella, havia marxat a l'estranger i s'havia dedicat en cos i ànima a l'arqueologia. Després de viatjar per tot el món i d'haver-se assegurat un lloc als llibres d'arqueologia amb algun descobriment destacat —establiment de les rutes comercials cartagineses seguint el rastre de les marques d'àmfora—, només aleshores, quan ja passava dels quaranta, l'Elisa s'havia casat amb un artista americà i s'havia establert amb ell a Nova York.

Jo admirava profundament l'Elisa, volia ser com ella, la considerava el símbol de l'autèntic alliberament de la dona i, en el meu interior, em preguntava com podia haver-se mantingut aquella amistat indestructible entre dues dones tan diferents. Tota la meva vida havia vist com cada setmana, sense fallar pràcticament mai, arribava a casa una carta amb sobre de correu aeri, el paper molt fi, el mata-segells de qualsevol ciutat del planeta, «Carta de l'Elisa!», li deia un de nosaltres a la mare, i ella dibuixava un somriure que la feia semblar més jove i es tancava a l'habitació a llegir. L'endemà, mentre es feia la verdura o mentre ajudava la meva germana petita a fer els deures, la veia agafar paper i ploma i escriure: Estimada Elisa. I jo pensava: què li deu explicar? Com pot pensar que en aquella dona de món, a l'arqueòloga de prestigi que feia excavacions a l'Àfrica, s'enamorava d'actors de teatre a Milà, sopava a casa de diplomàtics a París i rebia premis internacionals... li podia interessar la nostra petita vida familiar a l'Escala?

L'altre dia li vaig preguntar a la mare si volia que truqués a l'Elisa i li demanés que vingués. Volia saber si tenia necessitat de veure-la una altra vegada, d'acomiadar-se'n.

Em va assegurar que no calia. «No ens hem de dir res que no ens haguem dit abans», va tranquil·litzar-me. «Però li has dit que estàs molt malalta?», vaig insistir, sense cap delicadesa. Volia assegurar-me que l'Elisa havia entès que hi havia moltes possibilitats que la mare no superés el càncer.

I aleshores, la meva mare em va fer seure al seu davant. Érem a la cuina de casa seva i al seu darrere, jo veia el finestral que emmarcava un bocí de mar i quatre gavines que el contemplaven des de dalt. Em va agafar les mans i va mirarme. Es va adonar que jo mirava més enllà i va girar-se per veure cap a on fugia. Quan va tornar a mirar-me, els ulls li resplendien, plens d'un claror blava i metàl·lica, que havia capturat amb aquella llambregada.

Em va agafar les dues mans i va compartir amb mi la conversa que havia mantingut amb l'Elisa quan li va dir que tenia un càncer. Va trucar-li i li va explicar la veritat, sense amagar-li cap informació. Ella la va escoltar en silenci, sense interrompre-la, i després va dir: això del càncer és una autèntica merda... sort que has tingut una vida tan plena, que has estimat tant, que t'han estimat tant. Ben mirat, què més vols?

I després de tants anys d'absoluta ceguesa, vaig entendre tot d'una per què l'Elisa esperava des de la seva enlluernadora i agitada vida a Nova York les cartes de la meva mare des de la seva plàcida i avorrida vida familiar a l'Escala.

La meva mare em va acompanyar el dia de l'avortament. Ho va fer amb una discreció total, com jo li havia demanat, sense dir-ho a ningú. Em va donar la mà tota l'estona mentre ens esperàvem. No m'acaronava, només me l'estrenyia de tant en tant. Va fer-me un petó al front quan em van dur al quiròfan i en tornar a veure-la, tot i el seu somriure, vaig saber que havia estat plorant.

Capítol 5

—Has dormit bé?

—Sí, força... He somiat en la meva mare. Pobra dona! Ara recordo que quan estava a punt de morir, confonia els somnis amb la realitat i quan l'anava a despertar al matí i li preguntava com havia passat la nit em deia —amb una lluïssor als ulls impròpia de la seva edat—: Molt bé! M'ha vingut a veure l'àvia Rosa (la seva mare, que feia trenta anys que era morta). Jo, de primer, intentava convèncer-la que era un somni, però ella no cedia de cap manera: «No, no, et dic que ha vingut! M'ha fet companyia i hem xerrat tota la nit... Estava molt maca, molt ben pentinada...», per la meva mare l'aspecte físic sempre va ser molt important, era molt presumida...

Hi he somiat perquè abans d'adormir-me he estat jugant a veure significats a les ombres de la paret, com quan era petita. Com aleshores, continuo necessitant una mica de llum a l'habitació a la nit. No puc sofrir la negror absoluta i deixo la persiana una mica aixecada. El fanal del carrer projecta una llum groga que entra fent ratlles per la finestra i jo miro els dibuixos que fa a la paret. Quan era petita també ho feia i li deia a la meva mare, que venia a acotxar-me:

Mira, hi ha un campanar, i ella, que no tenia gens d'imaginació, em deia que no, que només era una taca, una ombra.

Llavors venia el meu pare a dir-me bona nit i jo hi tornava: pare, veig un lleó!, perquè de vegades la llum de la lluna feia que les ombres semblessin sinistres, i jo em tapava el cap amb el llençol per no veure-les. I el meu pare em preguntava: On el veus el lleó, Valèria? I jo: allà! Mira-li les dents!, i ell s'acostava a la paret i hi passava la mà ben plana amunt i avall i em deia: Ho veus? Tot esborrat, tot esborrat!

Ara, a les nits, penso en el meu pare i en la meva mare, i em sento tan sola, que les ombres de la paret em fan companyia, i no vull que ningú les esborri.

—Quants anys fa que va morir la teva mare?

Dotze anys. El meu pare ja en fa... he perdut el compte, en fa molts. Jo tenia els nens petits. En el somni d'aquesta nit hi eren tots: el pare, la mare, l'àvia Valèria, en Quim... tots els meus morts. Quan m'he despertat he sentit una placidesa immensa, com d'haver-los recuperat. No em feia mal res i m'he quedat al llit una estona. M'he imaginat que surava en una piscina d'aigües transparents. No hi ha res que em resulti més sedant que l'aigua. ¿Deu ser que tenim alguna memòria de la vida intrauterina, dels mesos que vam passar immersos en el silenci d'aquell líquid tebi? He pensat en l'Alfonsina Storni, la poeta, que va entrar al mar caminant lentament, com si fos un camp de flors blaves, camí de l'horitzó, fins a la mort. I en la Virginia Woolf, que es va omplir les butxaques de l'abric de pedres per enfonsar-se a les aigües del riu que passava prop de casa seva. M'agradaria tornar a veure el mar de prop, mullar-m'hi els peus, jugar amb les onades. Potser he de començar a pensar a acomiadar-me d'algunes coses, paisatges, persones.

Ahir vaig trucar al meu germà i li vaig demanar que em vingui a veure una tarda. Vull que vingui sol i sense presses, que puguem xerrar tranquil·lament. No hem parlat gaire, en Lluís i jo, els últims anys. La nostra relació fraternal ha estat tan plàcida sempre, que hem anat perdent la necessitat de parlar.

—Potser és que no cal...

Sí que cal. És a dir, em cal a mi. He de dir-li moltes coses. He de dir-li, sobretot, que ell ha estat, en certa manera, la persona que ha determinat la meva vida. Sé que sona molt gruixut, però n'estic convençuda, d'això que dic.

I no estic dient que en Lluís sigui la persona més important de la meva vida, seria una autèntica bestiesa. Però a mi em sembla que el fet de tenir germans et regala una seguretat per anar per la vida que cap altra cosa no et pot donar. Els pares et donen protecció i amor, els avis et donen afecte i tendresa, els amics et donen complicitat, la parella... t'ho dóna tot, bé, en el meu cas, la meva filla Martina em faria rectificar immediatament... però els germans t'acompanyen, i aquesta companyia et fa les coses més fàcils, el camí més planer i més clar.

Quan jo vaig néixer, en Lluís ja hi era. I hi va ser d'una manera constant durant els primers setze anys de la meva vida, fins que vaig marxar a estudiar a Barcelona. Aleshores ja no em feia tanta falta tenir-lo sempre al costat. I llavors ja va venir en Quim, i l'amor que tot ho desdibuixa, i el meu germà es va casar amb la Consol... I mai no ens hem barallat, sempre hem mantingut una relació afectuosa, però les nostres famílies respectives han tibat massa de cadascun de nosaltres. No, no estic sent del tot sincera. Jo hauria pogut fer compatible perfectament l'estrebada d'en Quim i els fills amb el manteniment d'una unió més estreta amb el meu germà. Però no m'he avingut mai del tot amb la meva cunyada, aquesta és la veritat. I això em fa sentir incòmoda i mesquina, i també li vull parlar d'aquesta estranya nosa que tinc al cor. Sé que en Lluís no me'n fa retret, segurament ni tan sols me'n dóna tota la culpa, però tanmateix, m'estimo més parlar-ne.

—Com és la Consol?

La Consol. La Consol és dramàtica. Ha anat apagant l'alegria natural del meu germà, lentament, sigil·losament. Amb un pessimisme que li regalima dels ulls encara que no el tradueixi en paraules. La Consol no confia que mai li passi res de bo. Sempre està preparada per rebre l'adversitat com si això donés la raó al seu tenaç pessimisme. Sempre amb aquella cara de «ja us ho deia jo que això s'acabaria malament...». I quan la felicitat li arriba —un fill, un moble nou, un petit viatge, una trobada familiar, un nét—, té una facilitat extraordinària per aigualir-la. Hi ha gent que és així, oi? Amb una incapacitat natural per empassar-se les píndoles de felicitat que la vida ens regala de tant en tant. Em sap greu dir-ho, però sempre he pensat que el seu nom no li escau gens: Consol. No crec pas que el meu germà s'hagi sentit gaire confortat, tranquil·litzat, consolat per la seva dona en tots aquests anys. Deus pensar que critico i jutjo sense conèixer... I tens raó, amb tota seguretat. Què sé jo què passa entre la Consol i en Lluís? Com pot saber ningú què hi ha entre un home i una dona que s'estimen?

—Potser no s'estimen.

Segur que sí! Per quina raó haurien de seguir junts després de tant de temps? Tot això que diu la gent, que hi ha matrimonis que es mantenen pels fills, per mantenir les aparences, per interessos econòmics, fins i tot per mandra... tot això és mentida. Els matrimonis sense amor duraven abans, a la nostra època, per obligació. Conviure és molt dur, hi ha centenars de petits detalls desagradosos que s'han de suportar, hi ha centenars de sacrificis, minúsculs o enormes, que s'han de fer per la família, hi ha renúncies, hi ha maldecaps i angoixes que es podrien evitar, hi ha moments de solitud en companyia, que és la pitjor de les solituds. Com podeu creure que algú resistiria tot això sense amor?

Ho he vist en els matrimonis dels meus fills. La Martina i en Miquel s'atreien, s'admiraven, es divertien força junts, compartien interessos i inquietuds. Però no s'estimaven. I quan van aparèixer les primeres dificultats, com és lògic, van decidir que se'n sortirien millor cadascun per separat. Quina necessitat hi ha de sumar les angoixes i fer-ne una angoixa més gran, si no ho compensa l'amor?

En canvi, el meu fill, en Guillem i la seva dona, la Cloe, van descobrir —massa aviat, pobrets— que si sumaven els seus dolors, la tristesa minvava.

S'estimen.

—En Quim i tu us heu estimat sempre així, des del primer moment. Escolta:

Barcelona, 10 d'octubre de 1948
Residència de les Teresianes

Estimat diari meu, que abandonat t'he tingut tots aquests mesos. Ara que estem sols tu i jo a la meva petita cambra, hauria d'explicar-te què ha passat aquest estiu. Des de mitjan juliol fins a primers de setembre he estat a Arenys de Mar, a casa dels meus cosins. Els pares m'hi van enviar sense consultar-me si em venia de gust i ni tan sols van dissimular que es tractava d'una maniobra per allunyar-me d'en Quim. «A veure si així veus les coses més clares i se te'n van tots els ocells del cap». Jo, no cal dir-ho, a obeir. Quin remei! Hi he estat bé gràcies a la complicitat de la meva tieta Mercè, que des del primer dia em va fer saber que podia escriure i rebre cartes d'en Quim, que ella seria una tomba.

Tot i així, m'enyorava terriblement i quan vaig tornar a l'Escala, no vaig ser capaç de ser prudent.

Ens hem vist cada dia, encara que fos poca estona, i de vegades hem fet autèntiques temeritats. Cada vespre, quan arribava a casa i trobava els pares i en Lluís asseguts a taula per sopar, el cor començava a fer-me saltirons pensant que potser m'havien descobert. Un dia, el pare em va dir que m'havien vist pel Carrer Nou amb un noi, que si es podia saber qui era. Jo li vaig dir que no ho recordava, que no sabia de quin dia em parlava. Ell va dir que si no sabia de qui es tractava és perquè no havia volgut saber-ho, però que podia assabentar-se'n fàcilment... No va passar res, però la veritat és que he passat l'estiu amb l'angúnia a dins, però la felicitat del nostre amor esborra qualsevol angúnia.

He fet una pausa per aclarir-me la gola i la Valèria s'impacienta. Què més? Continua llegint. Estic segur que fer-li reviure aquells anys la fa sentir físicament millor, ho veig al seu rostre.

Continuo.

La segona setmana de setembre la vaig passar a Sitges, on la família de l'Elisa té la casa d'estiueig. Va ser una setmana molt interessant per veure com viuen les noies de casa bona. En un poble petit com Sitges, el senyor Saumell està molt ben considerat i els seus fills són tractats com a autèntics aristòcrates. Tots els germans són intel·ligents i tenen un sentit de l'humor esmolat, però la millor de tots és l'Elisa, sens dubte.

Als àpats, fent la sobretaula, pares i fills parlaven de política i jo els escoltava, admirada. En Gabriel i el seu pare són monàrquics, les noies grans asseguraven que el franquisme havia portat una pau que era d'agrair i l'Elisa criticava tant en Franco com els Borbons. Parlaven tots a l'hora, es contradeien amb arguments que em semblaven irrebatibles però que sempre eren contestats i de vegades fins i tot s'insultaven: *ets una estúpida, ets un ignorant, no saps res de res, idiota.* Això sí: sense alçar mai la veu. I quan s'acabava la discussió, tan amics: tornaven les bromes i les rialles, fins i tot les abraçades.

A les nits, com que els pares de l'Elisa sortien sempre a sopar fora, nosaltres sopàvem amanides i truites que ens preparava la minyona i després sortíem al jardí. De vegades ens hi quedàvem fins passada la mitjanit, sovint bevent una copa de xampany gelat. Per mi era com ser a dins d'una pel·lícula. Res de tot allò tenia a veure amb el meu món: ni les converses sobre política, ni el jardí il·luminat, ni el xampany gelat.

El dissabte abans de marxar, com havíem planejat, l'Elisa i jo vam sortir aviat de casa dient que passaríem el dia a Vilanova i la Geltrú, població veïna que jo no coneixia. Vam dirigir-nos a l'estació de tren i vam esperar que arribés en Quim. Veure'l baixar del tren, amb aquella expressió desorientada, buscant-me amb la mirada, em va entendrir fins a les llàgrimes. Només ell sabia quines maniobres devia haver hagut de fer per poder venir a passar tot el dia amb mi, tan lluny de l'Escala, i només jo sabia com li dolia enganyar els seus pares...

L'Elisa el va saludar amistosament i va desaparèixer sense que jo pogués saber com passaria les hores. Feia un dia esplèndid i en Quim i jo vam caminar a prop del mar, agafats de la mà, i vam acabar asseguts en un cafè, incrèduls davant la nostra llibertat, de la nostra felicitat.

És clar que cadascú ho manifestava a la seva manera, tan diferent. En Quim des de la calma, amb somriures amples, estrenyent-me les mans més fort que mai, amb mirades dolces. Jo, tota nervi, xerrotejava sense parar, repetint una vegada i una altra com l'estimo i com l'havia trobat a faltar.

Quan va marxar, vaig recollir l'Elisa a la platja, com havíem quedat. El xofer dels Saumell ens va portar a casa i, mentre circulàvem pel passeig de Sitges, amb la brisa de mar que em despentinava, vaig saber que havia tastat la felicitat.

—Prou! Prou! Que cursi.

—Era l'any 48... tenies dinou anys...!

—I estava molt enamorada...

Capítol 6

LLUÍS

En Lluís Isern viu amb la seva dona en un carreró estret de Sant Martí d'Empúries, molt a prop de la platja i de les ruïnes d'Empúries. El trobo assegut darrere d'un escriptori ple de paperassa i de llibres. Sé que aquest mestre jubilat, fill de mestre, comparteix l'interès de la seva germana Valèria pel passat i que dedica les tardes, amb el cap enfonsat en els llibres, a l'estudi de la història local.

Des del finestral m'ensenya les ruïnes d'Empúries, amb l'entusiasme del propietari, i m'assenyala el poble de Cinc Claus, «fundat per les cinc primeres famílies que habitaren l'Empordà», diu, ufanós.

Li accepto un cafè amb llet i li demano que em parli de la seva germana Valèria.

La Valèria. La Valèria... és molta Valèria. Tots diuen que està fumuda de veritat, però jo crec que hi ha dona per temps. I ningú no la coneix tant com jo, oi? Bé, potser el seu home, en Quim, però...

Jo encara la veig com una nena. Si te la mires bé li veuràs els ulls murris, i la ganyota que fa amb la boca quan alguna cosa se li torça. I gairebé que li veig les trenes llargues i vermelles, que jo li estirava quan ens barallàvem. Mira que era carcamal, jo, de petit: tenia tres anys més que ella i sempre acabava sanglotant, pobreta... encara que haguéssim començat jugant. Ja ho deia la mare: les grans rialles acaben amb ploralles.

Però és que era tossuda com una mula, la Valèria, i volia venir amb mi a tot arreu, i fer tot el què que jo feia. I jo feia coses perilloses per una nena. Anava a saltar les roques a Montgó, o m'enfilava a la teulada de casa... bestieses pròpies d'un vailet, que una nena petita no havia de fer. Però no podia treure-me-la del damunt de cap manera!

I, tot d'una, la menuda de les trenes es va fer gran, i va marxar a estudiar a Barcelona, i ja no la tenia enganxada als pantalons. Va ser molt estrany perquè la vaig trobar a faltar més del que em pensava.

Després ja va venir la Consol i els nanos. Però els fills també van acabar marxant. Viuen tots dos a Barcelona i vénen a passar l'estiu a l'Escala, amb els néts.

Jo estic segur que la Valèria se'n sortirà, de la maleïda malaltia. Primer, perquè la meva germana té el caràcter de l'àvia Valèria, els testos s'assemblen a les olles, i no és pas casualitat que portin el mateix nom...S'hi assembla en tot, en la manera de fer, en l'aspecte... i ara que es va fent gran encara més. Que em perdoni si em sent, però fins i tot s'ha arrugat de la mateixa manera, el mateix dibuix entorn dels llavis. I és igual de tossuda: va dir que estudiaria arqueologia, i ho va fer; va dir que es casaria amb en Quim Danés, i ho va fer; va dir que l'ajudaria a fer prosperar aquell negoci estrany de buscar andròmines velles i mi-te'ls! I quan es va quedar sola, la meva germana va dir que es cuidaria del negoci i bé que ho han fet, en Guillem i ella. Tossuda com una mula, com l'àvia Valèria, no va haver-hi malaltia que la pogués tombar: va morir de vella, com sempre havia dit que faria.

Jo l'he seguit de prop, la meva germana, però deixant-la fer, sense ficar-me en la seva vida. De de ben petita ha sabut què volia, i quan ficava la banya en un forat, ningú no podia fer res per fer-la canviar d'idea. Perquè mira que li va costar convèncer els pares per casar-se amb el seu home! Que tampoc no acabo d'entendre per què no els agradava, si vols que t'ho digui. Era un bon xicot, en Quim. El cap ple de pardals, això és veritat... però mira, ben bé que se'n va sortir, al final. Quina mala sort, pobre noi, quan el negoci anava tan bé i s'hi guanyaven la vida sense patir, llavors au, un mal llamp, i fora de combat. Però ella se n'ha sortit, de quedar-se sola, dels quatre fills, que ara l'amoïnava l'un, ara l'altra, i del negoci, i de la casa. Encara li ha quedat temps per ficar el nas als llibres, fins que ha acabat encomanant-m'ho. Potser sí que ens ve de mena... aquestes ganes de mirar enrere, no sé com se n'ha de dir d'això que fem... Al poble ja ho diuen, és la dèria de la nostra àvia. L'àvia Valèria i la seva amiga Caterina, l'escriptora, saps qui vull dir? Encara me'n recordo de l'enrabiada que va tenir l'àvia quan aquell Martín Almagro va acusar la Caterina d'haver robat peces d'Empúries. Ui, quina cara que fas, ja veig que no saps de què va. El Martín Almagro era un arqueòleg que, just després de la guerra, va dirigir el jaciment d'Empúries. Aquí tothom ho sabia, que la Caterina Albert havia fet remenar a les seves finques a veure què hi trobava... a Cinc Claus també... i l'animal de l'Almagro, quan ho va saber, va i escriu en un llibre que la Caterina era una espoliadora! La nostra àvia es va posar feta una fúria, quan ho va saber: «Ja li han fet posar-se nom d'home, i ara li diuen lladregota!», deia, vermella com un pebrot. La meva mare la feia callar, per por que la sentissin des del carrer, i la meva germana i jo la miràvem amb els ulls esbatanats.

Suposo que és per això que l'àvia sempre va defensar en Quim Danés davant dels pares. Quan el titllaven de somiatruites, quan se'n reien de la seva mania de remenar a les golfes de les masies, ella sempre sortia amb raons que no havien de ser escoltades: que les velles andròmines ens expliquen històries, que si les eines ens parlen del treball, que si els mobles ens confessen secrets, que si les cases guarden misteris.

Són els mateixos arguments que jo faig servir amb la meva dona, i tampoc no em serveixen. La Consol es posa malalta amb la meva «mania de guardar rampoines i paperassa». Diu que sóc un vell trastaire. I té raó. Té tota la raó de queixar-se...

Jo sempre vaig saber que l'amor de la Valèria i en Quim era autèntic, i que arribaria lluny, tot i les pegues familiars. Si ella era tossuda, ell encara ho era més. Quin parell!

El dia que es van casar, ella tan jove, tan bonica, tan feliç, no vaig poder estar-me de pensar que a partir d'aleshores ja no em caldria exercir el meu paper de germà gran amb tanta atenció, que podria cedir una mica la vigilància, perquè ella, la Valèria, ja tenia qui la protegís. Ja ho veus, quin pobre beneit: com si la meva germana hagués necessitat mai la protecció de cap home! Però em sembla que, fet i fotut, he fet prou bé el meu paper: m'he mantingut a una distància prudent, però sempre alerta, sempre a punt per si em necessitava. Al cap i a la fi, ella és la meva germana petita.

Capítol 7

El diari de 1949 és una llibreta força prima, de tapes negres i espiral blanc. La lletra de la Valèria és rodona i petita. Escriu omplint els fulls de banda a banda, sense deixar blancs en el contorn, aprofitant l'espai fins a l'última expressió. Potser és que tenia moltes coses a dir, o potser és que les llibretes, l'any 49, anaven molt cares.

L'Escala, 7 de gener de 1949

He passat el Nadal més meravellós que podia imaginar. No cal dir que en Quim i jo hem continuat veient-nos en les mateixes condicions, sota amenaça, però ens n'hem sortit la mar de bé. No em canso de repetir a la mare que en Quim és un home bo i que m'estima, però ella em diu que jo puc aspirar a un «bon partit». Argumento que jo no sóc pas un bon partit, que la nostra família no és res de l'altre món. M'ho rebat: es veu que una noia per ser «un bon partit» només necessita ser bona noia, i en canvi un noi ha de tenir diners i una bona feina per mantenir una família. Ja em diràs.

Barcelona, 22 de gener de 1949
Residència de les Teresianes

Sobresaliente de Paleografia. L'únic de tota la classe. En Quintana, l'alumne més brillant del meu curs, a qui jo no he gosat mai dirigir la paraula, ha vingut directe cap a mi quan s'ha acabat la classe. Pensava, ingènua de mi, que venia a felicitar-me, però m'ha dit: *estarás contenta, eso de enseñar las piernas ha tenido su efecto.*

M'he quedat petrificada i quan he volgut respondre —segur que tampoc hauria sabut què dir— ell ja no hi era. L'Elisa, que era al meu costat, ha dit: és un antifeminista i un estúpid, per més nous i deus que tregui.

L'incident m'ha deixat estabornida: quan vaig decidir que volia estudiar arqueologia, comptava amb les reticències del meu pare i, potser, de l'home que hagués de ser el meu marit, però no amb els propis companys de carrera!

12 de febrer de 1949
Residència de les Teresianes

Ha vingut en Quimet! Després d'una setmana d'estudiar nit i dia, el Senyor ha tingut compassió de mi i m'ha fet aquest regal. A les vuit del matí m'han cridat al telèfon i en Quim m'ha dit que era a Barcelona. Déu meu, quina alegria!

M'he vestit d'una revolada, però pensant-ho bé per estar ben elegant per a ell: duia la faldilla blau marí, el niki beix, i la rebeca blau cel; abric i sabates blau marí, el mocador de gasa, guants blancs i cartera de xarol.

Quan ens hem trobat estàvem tan emocionats, tan nerviosos, tan feliços, que parlàvem tots dos alhora, i després callàvem tots dos, i ens posàvem a riure, i tornàvem a parlar tots dos.

Quan anàvem caminant xino-xano pel Carrer Aribau, agafats de bracet, hem trobat en Guardiola, el veí dels pares. Hem fet veure que no el vèiem i no ha dit res, però estic segura que ell també ens ha vist. Em fa tanta por pensar quines conseqüències tindrà aquesta trobada desgraciada....

Hem pujat a Montjuïc i hem vist Barcelona, grisa i tèrbola, als nostres peus. Bufava un aire gelat i humit i ens hem refugiat de seguida en un restaurant per dinar. Asseguts en una tauleta petita i rodona, darrere els vidres, l'hivern al defora, m'ha mirat d'una manera que no ho havia fet mai abans. «T'estimo», li he dit, sense pensar. Quan començava a posar-me vermella, m'ha fet un petó llarg a la galta.

Després de dinar només hem tingut temps d'anar fins a l'estació perquè ell ja havia de marxar. Havia començat a ploure i a sota del paraigua he sentit una intimitat especial. Quan li he dit que havia tingut dos *sobresalientes* més, m'ha fet aturar i sense més ni més, m'ha besat als llavis. L'alegria que m'ha pujat a les galtes i les ha posat vermelles ha durat molt poc perquè de seguida he pensat que el petó, n'estic segura, ha durat més del segon que em diu el confessor, així que demà m'hauré d'anar a confessar i em farà molta vergonya...

El dia s'havia fet molt curt i, quan l'hi he dit, s'ha posat molt seriós, i ha dit: «Sí. Avui faria un disbarat». «Un disbarat?», he preguntat jo. «Sí, em casaria amb tu ara mateix, aquesta mateixa tarda».

Jo també m'hi hauria casat, i així hauríem pogut anar a casa nostra, a protegir-nos del fred i a descansar tranquil·lament asseguts al sofà, sense haver de mirar el rellotge. Quan ens hem dit adéu, amb dos petons, em costava separar-me d'ell, com si els nostres cossos estiguessin imantats.

Cada vegada costa més.

Al vespre he començat a entristir-me sense remei. El meu estat d'ànim s'ha anat esllanguint, aprimant, ha quedat prim com un tel de ceba. Només tinc ganes de plorar. Em sento sola i desemparada sense ell. Vull estar amb ell però tinc remordiments. Vull estar amb ell però vull estudiar. Vull estar amb ell.

L'Escala, 8 d'agost de 1949

Tot aprovat i amb nota. Felicitació expressiva del pare que no servirà, em temo, per evitar conflictes aquest estiu.

Avui he esmorzat llegint al diari les declaracions d'Ingrid Bergman, anunciant que ha decidit divorciar-se del seu marit per casar-se amb Roberto Rossellini i que deixarà la pantalla. S'han enamorat durant el rodatge de la pel·lícula *Stromboli*, és a dir, que el seu amor ha nascut a sota d'un volcà, en el sentit literal. He llegit les seves paraules en veu alta i la meva mare s'ha mostrat escandalitzada per aquest adulteri reconegut. Als Estats Units diuen que no la deixaran tornar a entrar al país... Jo ho trobo tan... ho trobo reprovable, és clar, ella té una nena petita i abandona el seu marit, que ho havia deixat tot per acompanyar-la a Amèrica... Però, què caram, també ho trobo molt romàntic!

I parlant d'Amèrica: estic llegint William Faulkner, seguint el consell de l'Elisa. El dia que li van donar el Nobel ho vam sentir juntes per la ràdio i ella va quedar molt sorpresa —i jo molt avergonyida— que no n'hagués llegit res.

Abans de marxar de Barcelona em vaig anar a comprar *El ruido y la furia* i *Mientras agonizo*. He començat per la primera i m'està agradant molt, tot i que costa força de llegir. És una novel·la plena de sobreentesos, com si l'autor considerés el lector més informat del que realment està.

Del que s'escriu aquí, la meva preferida continua sent *Nada*, de Carmen Laforet, aquella meravellosa novel·la que transcorre al «meu» Carrer Aribau i a la «meva» Universitat.

L'Escala, 20 de setembre de 1949

D'aquí a quinze dies començaré cinquè curs, l'últim de la carrera. És una mica inversemblant, una mica incomprensible que ja acabi. Com pot ser que aquests anys hagin passat tan de pressa? La vida està plena de coses incomprensibles que tothom accepta, així que hauré de fer-me la idea que només em queda un curs —uns mesos— de fer vida d'estudiant. No sé si sabré fer vida d'una altra manera. Què faré, amb els meus vint-i-un anys i una carrera acabada? No vull dissimular-ho: només de pensar-hi, l'orgull em fa créixer un pam. Llicenciada! Arqueòloga!

Pel que fa a l'actitud dels meus pares, no es pot dir que haguem resolt res, però hem arribat a una mena de pacte no explícit. Davant de la meva tossuderia —el meu pare en diu així, del meu amor per en Quim—, han decidit fer els ulls grossos per no estar en conflicte permanent.

El meu germà i la Consol s'han casat aquest estiu i no sé per què, em sembla que aquest fet m'afavoreix.

També tinc esperances que la nova feina del meu estimat com a comptable de la farmàcia familiar, amb un sou com déu mana, ajudarà a convèncer el meu pare que la seva filleta no haurà de passar gana.

En Quim i jo fem plans de futur en ferm. Parlem de casar-nos quan jo acabi la carrera i no tenim cap dubte que acabarem convencent el pare perquè ens doni permís. L'amor ens fa optimistes!

Barcelona, octubre de 1949
Residència de les Teresianes

L'última visita d'en Quim ha estat a punt d'acabar com el rosari de l'aurora. Tot havia anat molt bé durant la tarda, amb les seves novetats a la farmàcia i el relat de les seves troballes a la vella masia de Can Jordà, on ha trobat una consola isabelina de noguera que li han venut per quatre xavos...

Però ha arribat el moment de dir-nos adéu, el moment que tots dos temem i desitgem alhora. L'esperem impacients perquè és el moment del petó. Són les meves normes, és a dir, les normes que jo he de complir si no vull haver-me de confessar cada vegada que estem junts. «Un beso breve y casto para despedirse es lo único que le está permitido», diu el confessor.

I jo li dic a en Quim. I en Quim protesta, però ho accepta. Ell és tan creient com jo, però només va a confessar-se quan troba que cal. No té un seguiment tan estricte com jo amb el Padre de la Residència.

Avui m'ha fet el petó de comiat, però l'ha fet durar més del compte. Ni un, ni dos, ni tres segons. Ens hi hem estat una bona estona. S'hi estava tan bé que jo tampoc no m'he fet enrere, però tot just ens hem separat, ja he començat a penedir-me'n i a renyar en Quim. I ell s'ha enfadat, i m'ha dit que li sembla una bestiesa haver d'estar comptant els segons que dura un petó. Que ens fem petons perquè ens estimem i que això no pot ser res de dolent.

Ha pujat al tren una mica enfadat i a mi ja se m'havien emplenat els ulls de llàgrimes. Ha tret el cap per la finestra i ha dit: No ploris, va.

Demà aniré a confessar-me.

Barcelona, novembre de 1949
Residència de les Teresianes

Aquest últim curs de carrera se m'escola entre les mans encara amb més rapidesa que els altres. A la facultat tot va bé, i a la residència també. En Quim ha vingut regularment, cada quinze dies. Sé que el pare n'està puntualment informat i, si no n'ha dit res, és que comença a fer-se la idea que això nostre acabarà en casament, vulgui ell o no. Com més vegades li diguin que ens han vist junts, millor. Cada cop que l'hi diuen és que com si jo mateixa li confirmés el meu amor per en Quim.

Barcelona, 3 de desembre de 1949
Residència de les Teresianes

Cada dia que passo amb ell, li descobreixo virtuts noves. És extremament indulgent amb mi i amb el meu caràcter tan inestable. Quan estic trista em consola, sempre pacient. Quan m'enfado em calma sense retrets. Al seu costat estic protegida de tots els mals, fins i tot —sobretot— de mi mateixa.

M'adono que ell és cent vegades millor que jo. I doncs? Com pot ser que s'hagi enamorat de mi, que m'estimi tant? Jo crec que no m'estima a mi, sinó a la imatge que ell s'ha fet de mi. No hi fa res: la meva missió en aquesta vida és assemblar-me a la Valèria que ell estima.

Barcelona, 25 de gener de 1950
Residència de les Teresianes

Diumenge va venir en Quim a parlar amb la directora de la Residència, a proposta d'ella. Fa tres anys que saben que festegem i la seva actitud ha anat estovant-se a mesura que passava el temps. D'interceptar el meu correu, per ordre del meu pare, han passat a fer els ulls grossos en tot. Nosaltres hem respectat les normes i en Quim no ha entrat mai a buscar-me ni tan sols al portal, com fan els promesos de moltes altres.

Quan la directora em va dir que volia parlar amb ell, em vaig pensar que hi havia hagut alguna trucada del meu pare, que finalment ens cauria al damunt una prohibició absoluta, qui sap. Però no! La directora volia conèixer en Quim per cerciorar-se que és un bon noi tal com jo li he dit milers de vegades. I n'ha quedat convençuda: van xerrar una estoneta i, al final, li va dir que a partir d'ara, quan ens haguem de veure, pot entrar a la Residència a buscar-me, i quan m'acompanyi també. No he preguntat si el pare n'està al corrent.

Secretament estic convençuda que el dia que ell, el meu pare, vulgui coneixe'l, escoltar-lo, parlar-hi, també canviarà radicalment d'opinió.

Barcelona, 17 de juny de 1950
Residència de les Teresianes

No puc creure'm que sigui l'última vegada que escric aquestes paraules: *Residència de les Teresianes*.

Tinc el bagul tancat i les bosses preparades al costat de la porta. Hi he desat la roba, els llibres, la fotografia dels pares i la d'en Quim, el tapet de ganxet fet per l'àvia Valèria i una capsa de sabates plena de cartes i de fotografies de les companyes de Residència, dels companys de facultat, de l'Elisa. He plorat com una nena mentre recollia tot això. Són els records que m'enduc dels meus cinc cursos de carrera, la meva vida universitària, els meus anys a Barcelona.

Torno a l'Escala amb el títol de llicenciada a la butxaca i no sé què queda en mi d'aquella adolescent que va arribar a la ciutat, carregada de por i d'ambicions. S'ha acabat una etapa de la meva vida. C'est fini.

He tingut un parell de dies per llegir els diaris a plaer: em va trucar la Martina per anul·lar la cita amb la seva mare. El metge les volia veure. Estic amoïnat: em temo que no hi deu haver bones notícies. Malgrat tot, em diuen que la Valèria vol rebre'm aquesta tarda.

Com que sé que amb ella no cal fer compliments i que no està per gaires romanços, quan ens asseiem l'un davant de l'altre, vaig directe al gra.

—M'han dit que heu anat al metge...

Sí, a l'oncòleg. M'hi han acompanyat la Martina i la Màxima, cosa que m'ha fet sospitar que no hi devia haver bones notícies perquè amb una de les dues n'hi hauria hagut prou... Ens ha rebut amb posat seriós —però sempre té posat seriós, no crec que es recordi de com es fa per somriure—. M'ha fet diverses preguntes per veure com em trobava i després m'ha fet passar a una habitació del costat i li ha demanat a la infermera que em pesés i que em prengués la pressió. Quina bestiesa, he pensat. M'estic morint de càncer i vol saber si tinc la pressió massa alta o massa baixa.

Les meves filles s'han quedat amb ell al despatx. Mentre em despullava el sentia parlar en veu baixa. Estic segura que els està confirmant que no tinc futur. La infermera vol fer broma per distreure'm: *A veure si ens ens hem engreixat... em sembla que una miqueta, la veig més guapa!*

M'he posat a resar per dins, un *acordaos* darrere l'altre, com quan era joveneta, però et prometo que no ho feia per encomanar-me a Déu... ho feia per no haver de sentir la veu prima d'aquesta dona ben intencionada que m'estava posant tan nerviosa. No volia deixar-li anar un estirabot, no hi té cap culpa... Fa el que li han dit que faci.

Quan he tornat al despatx de l'oncòleg he mirat alternativament la cara de les meves filles. La de la petita és impenetrable i la de la Martina no és fiable: pot dissimular molt bé. De fet, ho estava fent, perquè somreia obertament. El metge m'ha mirat als ulls i ha anunciat: continuarem la quimio però per via oral, només s'haurà de prendre una pastilla i així li estalviarem haver de venir aquí i les punxades...

—Vol dir que val la pena? —li he preguntat, i podia sentir els batecs dels cors de les meves filles com s'han accelerat. No tinc cap dubte que han decidit enganyar-me.

El metge m'ha contestat que sí (s'esforça a parlar amb convenciment, però no ho aconsegueix), que tinc el cor molt bé, i el fetge, i la tensió... És a dir, m'estic morint, però estic la mar de bé. Suposo que la meva expressió era de pur escepticisme, perquè llavors ha afegit:

—De totes maneres, vostè té l'última paraula: el seu cos és seu, vostè n'és la mestressa. Si vostè no vol tornar a passar per tot això...

No gosava mirar les noies, tot i que voldria fer-ho. Voldria saber si elles volen que lluiti fins a les darreres conseqüències, que m'arrapi a la vida, o potser troben més raonable que llanci la tovallola i m'estalviï —i els estalviï a tots— sofriments que no portaran enlloc... L'oncòleg ha dit que ens ho podem rumiar uns dies, que li donem la resposta la setmana vinent. S'ha aixecat, ens ha donat la mà, hem marxat.

Al carrer, la Martina m'ha agafat per la cintura i m'ha mirat amb aquells ulls de cel blau que prepara tempesta. Ha dit:

—Mare, si n'estàs fins...

—...fins els ovaris, vols dir? Ja no en tinc, d'ovaris.

La Martina deixa anar una rialla lliure i sonora. Jo m'hi he afegit i, finalment, s'hi ha afegit la Max. Devíem semblar tres ximpletes, aturades enmig de la Via Augusta, rient a cor què vols.

La veig fatigada, així que m'invento una cita i marxo abans d'hora. Prometo que hi aniré demà una altra estona. La Valèria em fa constar que «anem endarrerits» i que hauríem d'avançar una mica.

Arribo a casa i agafo el diari de l'any 1951 (no hi ha cap quadern que correspongui al 1950). És una llibreta amb tapa de cartró de color blau, sense espiral, relligada amb cordill blanc.

L'Escala, 21 de gener de 1951

Casa meva és, per fi, una casa com les altres. Vaig i vinc pel passadís cantant, sento les veus dels meus pares enraonant, la ràdio que fa companyia des de la cuina, i jo m'instal·lo davant del paper en blanc. Estreno llibreta —no seguia diari des de fa un any, quan encara era a la Residència— i estreno una nova etapa a la meva vida. Per això he volgut recuperar el vell costum d'escriure, per deixar constància d'aquesta data, 21 de gener del 51, en què la casa dels meus pares, casa meva, torna a ser un lloc ple de pau. Ja no hi ha enemics, ni ignorància, ni mentides, ni inquietud. Tot se sap i s'accepta: per fi! I aquesta nova situació ens transforma a tots.

Em transforma a mi, que visc en un miracle, permanentment meravellada, i sentint com el nostre amor flueix com un riu que mai no s'asseca, de tu a mi, de mi a tu, sense saber on comença i on acaba.

Pot ser, Quim, que d'aquí a molt de temps tornem a llegir aquests fulls. Què en pensarem? Com serem llavors? Sento una seguretat absoluta d'una sola cosa: encara ens estimarem com ara. Potser més. Segurament ens estimarem també a través de dues o tres criatures que jugaran i riuran per casa.

Desitjo que la «vida pública» del nostre amor no li faci perdre aquest gust agredolç de la rebel·lia, del triomf clandestí, de la intimitat secreta que ha tingut durant tant de temps. Ens hem estimat per damunt de tots els impediments, i ens estimarem ara en llibertat. Aquesta llibertat no farà més fort el nostre amor, però si més joiós.

He escrit una carta eufòrica a l'Elisa. La trobo a faltar molt i estic segura que ella també m'enyora. Està molt sola perquè el seu promès és a França, intentant guanyar-se la vida.

L'Escala, 7 de febrer de 1951

Resposta de l'Elisa:

Barcelona, gener de 1951

M'agrada molt tot això que dius sobre en Quim i sobre l'amor. És el mateix que jo penso d'en Víctor: l'estimo perquè ja és tot un home i al seu costat la meva vida serà interessant, tan diferent de tot el que m'envolta.

L'animo tant com puc en les meves cartes. Ho faig per contrarestar les que li deuen enviar els seus pares: ells només volen que torni i que es posi a treballar al negoci familiar. Ara es veu que li han enviat diners perquè vingui a passar unes setmanes a Barcelona. Jo m'hi oposo, perquè crec que si torna el convenceran per quedar-se. I ell, és clar, s'ha ofès, perquè troba que després d'un any, jo hauria de morir-me de ganes de veure'l.

El cas és que vindrà aviat i jo hauré de convence'l que sí que vull casar-me amb ell, però només si podem fer una vida pròpia, independent, feta per nosaltres i només per nosaltres. Saps, Valèria? No m'importaria ser pobre: vull viure i lluitar, no vegetar, perquè em moriria d'avorriment i faria un disbarat.

Resa per mi, per ell, per nosaltres. Resa perquè no es quedi a Barcelona, perquè si es queda, renyirem, ho sé del cert.

Renyirem perquè jo sé el que vull i no penso transigir en absolut. A un promès se li poden sacrificar dos, tres anys, però una etapa indefinida, a la meva edat, és impossible.

De moment, ja tinc la meva feina —només unes hores a la setmana, 450 pessetes al mes, però tot és començar— al Museu d'Arqueologia, faré viatges i el més important serà la meva feina, no el meu promès. Durant quatre anys, ell va ser la meva prioritat, però no pot pretendre ser-ho tota la vida.

Uf. Sé que em renyaràs quan llegeixis això. Jo també et renyo per ser massa romàntica. Quedem en paus.

De seguida que en Quim confirmi el seu ascens, escriu-me: estic desitjant anar de casament. I per acabar, un consell: no cal que intentis llegir *Lo que el viento se llevó*, per més que te l'hagin recomanat. Seria una feinada que no val la pena començar. No val res.

Adéu, petita. Records a tots i gràcies per recordar-te tant de mi,

Elisa.

L'Escala, 26 de febrer de 1951

L'àvia Valèria m'ha demanat que anés al cementiri per portar flors a la tomba del seu marit, l'avi Ramon, que jo no vaig conèixer. Avui fa vint-i-cinc anys que es va morir.

El cementiri de l'Escala és molt bonic. Hi arribes per un camí d'entrada vorejat de xiprers. Hi he caminat a poc a poc, sentint —gairebé escoltant— els petits cruixits que feia la terra sota les meves passes.

Ara un peu, ara l'altre... he acabat pensant que aquest mateix camí el faré un dia, igualment sola, molt més sola. La sorra no crepitarà a sota dels meus peus.

Tot el que hi ha dins meu, tots els sentiments que tinc ara, els desitjos, les angoixes, les passions de tota mena s'hauran convertit, això espero, en éssers vius, sang de la meva sang, els fills que em portaran al damunt, com un pes del qual es resistiran a deslliurar-se. A la reixa ennegrida que protegeix el cementiri hi ha una inscripció: Alfa i Omega. Principi i Fi. Està bé. Més enllà de la reixa hi ha el país de la fi. Travesso el llindar i puc sentir encara la fressa de la sorra. Sóc viva, encara faig soroll.

Hi ha pols i silenci pertot arreu. M'aturo davant del nínxol i veig de reüll la corredissa d'una sargantana damunt de la pedra. El llorer ha crescut tant que gairebé no em deixa llegir el nom: *Ramon Isern Castells*, i a sota, *les seves virtuts, fidel espòs i generós pare, no seran mai oblidades*.

Què diran de mi? Puc esperar que a la meva tomba hi hagi un epitafi semblant? Qui m'acompanyarà quan faci aquest mateix camí però la sorra no xerriqui sota els meus peus? Qui em plorarà?

L'Escala, 4 de juny de 1951

Dilluns el senyor Danés li va comunicar a en Quim que ja és, oficialment, l'encarregat de la farmàcia. Això vol dir que es fa càrrec de la comptabilitat i dels contactes amb els laboratoris. Amb el nomenament encara fresc i el compromís d'un sou acceptable, ahir va venir a parlar amb els pares.

L'havien citat a dos quarts de dotze i la mare, discretament, em va suggerir que fóra molt millor que jo no fos a casa, que per què no anava a fer un volt amb la Rosamaria.

Li vaig dir que sí, tot i que no tenia cap intenció de fer-ho. Sabia els nervis que passaria i no em veia amb cor de resistir la xerrameca de la Rosamaria mentre ell era allà dalt, a casa, enfrontant-se amb els pares.

Vaig sortir de casa a les onze i vaig començar a passejar amunt i avall, resant *acordaos* sense parar perquè tot sortís bé. Tenia unes incomprensibles ganes de plorar.

A les dotze en punt va sortir al carrer i em va fer el xiulet que havíem acordat. Vaig córrer cap a ell per abraçar-lo, però... estava tan terriblement seriós, que no vaig gosar. Em va dir que el pare ens esperava a dalt per parlar amb tots dos.

El pare ens va deixar anar un sermonet de deu minuts. Mentre parlava, tan circumspecte, sobre el nostre futur, que esperava pròsper, i sobre les nostres responsabilitats, i tot plegat sense fer cap referència a l'oposició fèrria que ell havia mantingut durant tants anys... totes les ganes de plorar van desaparèixer i em van venir ganes de riure. Volia saltar i xisclar, i abraçar-lo i fer-li petons, i riure, riure molt.

I el mateix dia que nosaltres ens podem considerar promesos, la tieta ens ha anunciat el casament de la meva cosina Montserrat. El futur marit és aquell veí seu, gran i d'aspecte força repugnant. He dit que no puc entendre per què s'hi casa. La mare ha dit que si veiés la llista de finques que té per tot l'Empordà ho entendria. I que la Montserrat ja no està per triar gaire, ja té vint-i-nou anys.

D'acord. Ho entenc. Però la compadeixo.

L'Escala, 11 de juliol de 1951

He parlat amb en Quim dels pensaments que em turmenten darrerament. M'ha costat molt de fer-ho però sabia que ell trobaria paraules tranquil·litzadores per a mi. I no m'ha decebut: ell troba que aquest ímpetu que ens empeny a besar-nos tan llargament és del tot natural i respon al desig íntim que compartim de fondre'ns en una sola persona. Ha pronunciat aquestes paraules sense donar-hi importància, però tot i així, he envermellit. Ell m'amanyagava i em deia «no has de patir, nineta». Però a mi encara m'espanta aquesta força que ens subjuga, més poderosa que nosaltres, i puc veure amb claredat que en les llargues mirades que ell m'adreça després de cada bes hi ha tant d'amor com de súplica, potser fins i tot sense saber-ho ell.

Tampoc no sé si quan estiguem casats es produirà el miracle de la unió total, o si tota la nostra vida serà un bes apassionat i interminable, però inútil, per fer-nos un sol ésser. Sospito que hi ha una barrera invisible però irrompible que aïlla qualsevol ésser humà. M'imagino que em costarà d'acceptar que un fill nostre, seu i meu i nascut del nostre amor, també serà una ànima exterior, perifèrica.

En Quim em consola i vol calmar el meu desassossec, però em cap moment l'he vist disposat a renunciar al desig que considera tan natural. Al final li he proposat un pacte: els diumenges ens permetrem anar una mica més enllà, només un cop la setmana. «Un petó que faci festa?», ha dit en Quim, sorneguer. «Això mateix», li he contestat, tota digna, «un petó de diumenge».

Carta de l'Elisa:

Barcelona, juliol de 1951

Estimada Valèria: en Víctor és aquí. Ha vingut sense avisar i encara estic impressionada pel seu aspecte. Està molt prim, molt cansat i té els ulls molt tristos.

Ha deixat passar uns dies abans de dir-me allò que venia a dir-me: no vol tornar a França. Tothom, fins i tot el meu pare, li dóna la raó i asseguren que no hi té futur. Jo no hi estic d'acord, però no ho puc dir. Jo voldria que tornés a França, però no perquè pensi que trobarà una feina millor, ni que acabarà guanyant més diners, sinó perquè voldria que el seu futur el construís ell tot sol.

En el fons, però, crec que encara que marxés, seria inútil: en Víctor no canviarà, res no el farà independent i lliure com jo voldria.

El problema és que jo sí que m'estic fent lliure i independent. Des que ha arribat continuo anant a classe i al museu, i surto amb les meves amigues quan vull. Ell m'estima molt, però entre nosaltres s'ha obert un esvoranc que no confio que puguem emplenar amb amor.

Tinc molts projectes que ell desconeix i que estic segura que no li agradaran: a la tardor marxaré tres mesos a estudiar a Alemanya i abans, aquest estiu, hauré participat al Congrés d'Arqueologia de Galícia i hauré passat un mes a Tarraco.

Comprens ara per què no puc compadir, com fas tu, la teva cosina Montserrat? Una dona pot tenir un paper important a la vida i omplir-la amb alguna cosa que no hagi de ser forçosament un marit. Si jo em caso amb en Víctor, segurament no seré feliç. Hauria de compadir-me algú per això? Ni parlar-ne, ho faria per covardia, perquè n'espero alguna compensació, o per costum.

Que diferent aquestes paraules meves del teu himne a l'amor, oi? Però em temo que sóc massa egoista i jo no tinc aquesta capacitat d'estimar. T'ho diré francament: en Víctor m'atrau físicament, quan em besa, quan m'abraça. Llavors és quan l'estimo. Ja ho veus: quin amor tan perfecte...!

Si jo fos un home, em casaria tranquil·lament sentint només això per una dona i després faria la meva vida independent, compliria les meves aspiracions, però la dona, encara que vulgui, no pot. Té les obligacions de casa seva, el seu marit, els seus fills. Jo no en sabré, Valèria. O potser sí: potser totes aquestes idees que fan xup-xup al meu cap, totes les aspiracions professionals i intel·lectuals, desapareixeran si em caso i faig una vida plàcida i burgesa i les meves aspiracions seran tenir una casa bonica, uns nens rossos i anar alguna nit al Liceu.

Bé, a tu que t'agrada tant d'amoïnar-te per tot, suposo que ja t'he donat un bonic motiu de preocupació. No t'hi capfiquis gaire que no val la pena. No crec pas ser prou valenta per trencar amb tot aquest llast de costums i religió. Però hi ha tants projectes que fracassen per culpa del matrimoni! I no estic parlant de grans projectes, d'homes i dones que passin a la història. No, pots ser un personatge discret però aconseguir complir el teu projecte. Tu ho aconseguiràs, probablement. I dic probablement, només, perquè qui posa el seu ideal en un ésser humà sempre corre perill: valem tan poc.

El pitjor és que jo em busco i no em trobo, encara no sé què vull. Però sé que no vull crear una família. Si trobo el motiu, el projecte... llavors, potser no em casaré. I, ben mirat, buscar ja pot omplir dignament una vida.

Has de venir a Barcelona, Valèria. I no et deixis acovardir pels teus pares, coi! És estúpid que a la teva edat no puguis venir a Barcelona quan vulguis. D'aquí a poc faràs vint-i-un anys i seràs major d'edat. T'espero aviat, Elisa.

Després de llegir tan seguit el diari de 1951, em costa una mica de retrobar-me amb la Valèria d'ara, aquesta dona vella i malalta. Busco en la seva mirada l'espurneig dels ulls d'aquella noia que estava a punt de casar-se i que confiava plenament que la seva vida seria feliç, feliç. Però en aquesta mirada només hi ha un tel de nostàlgia i, de tant en tant, unes dècimes de foscor, com si algú apagués el llum de l'interior.

—I què has decidit? Et prens les pastilles?

Sí, però sense confiança. La part positiva és que no tenen pràcticament cap efecte secundari. Em sento, això sí, terriblement cansada, però tendeixo a pensar que no és culpa de la medicació, sinó del meu cos, que, com un tren que sap que l'estació final de trajecte és a prop, va alentint la marxa.

Gairebé no surto de casa, però rebo visites contínuament que em fan passar el temps més de pressa i, sobretot, d'una manera més agradable. En canvi, les trucades, que són moltíssimes, més aviat m'amoïnen: són de persones conegudes, parents llunyans, amics d'amics, antics col·legues, que han sentit a dir que «no estic passant una bona època». Sé que són trucades de comiat, que tota aquesta allau de gent interessant-se per la meva salut vol dir que ha corregut la brama i que vaig de mal borràs.

Disposo de poques estones de solitud i per això les espero i les valoro més. M'assec a la butaca del menjador i deixo passejar la mirada damunt dels quadres, dels llibres, de les fotografies. M'aturo observant la calaixera que vaig heretar de l'àvia Valèria i, imagino que els meus ulls, com a les pel·lícules de ciència ficció, tenen el poder de veure-hi a dins dels calaixos, travessant la fusta de noguera vella i probablement corcada. A l'interior encara hi ha el joc de taula blanc de les margarides que jo mateixa vaig brodar els mesos abans de casar-me, i la coberteria de plata dels meus pares amb les seves inicials gravades a cada cobert, entrellaçades per sempre.

De vegades poso un disc —boleros tristíssims, o el piano

de Satie— i em torno a asseure a la meva butaca. Recolzo el cap al respatller i tanco els ulls. Arriba en Guillem i em convida a ballar i giravoltem tots dos com un sol cos pel menjador de casa. Quan vull adonar-me'n he ingressat a la zona dolça de la son, on no existeix ni la por ni el dolor, aquesta petita mort.

Em sembla que mai no l'havia vist tan trista, rendida. Tot d'una, se m'acut una idea per reconfortar-la. Li dic que l'endemà tornaré amb un petit regal.

Capítol 8

Em presento a casa de la Valèria amb una llibreta de tapa gruixuda de cartró tenyida de blau. Al damunt hi ha escrit amb uns números enormes: 1952.

La Valèria accepta de grat repassar amb mi la llibreta de l'any que es va casar. Vaig cap a la segona meitat del quadern, allò on comença a aproximar-se al gran dia, per aconseguir que els records siguin més poderosos que el present.

L'Escala, 31 de desembre de 1951

Aquesta nit anem de *réveillon* tots sis: els pares, en Lluís i la Consol, en Quim i jo. Quan sonin les dotze campanades jo desitjaré que el nou any, 1952, sigui el del nostre casament.

L'Escala, 5 de febrer de 1952

Bufa una tramuntana gelada i fa basarda sortir al carrer. Em ronda la migranya i he decidit quedar-me tota la tarda a casa, a la meva habitació, perquè ningú no vegi què estic llegint. És un llibre que m'ha deixat l'Anna Roca, que va estudiar el batxillerat amb mi i amb qui he sortit darrerament alguns dies a berenar. L'Anna es casa aviat i diu que se'l va comprar «perquè la meva mare no m'explica ni qui són els Reis». El llibre es diu *La vida sexual sana* i està escrit per un metge, un bisbe i un advocat.

L'he llegit amb la màxima atenció i una mica d'angúnia. És un llibre fort, indiscutiblement, però jo no podria suportar que fos la meva mare qui m'hagués de parlar d'aquestes coses tan violentes, però vull saber-les. Llegir-les és l'opció més adequada, perquè el llibre no té ulls per mirar-te mentre l'estàs llegint.

M'ha descobert moltes coses, és clar, si tu vols petits detalls que complementen la informació desdibuixada i simple que jo tenia. Entre d'altres, l'existència de l'únic sistema anticonceptiu que permet l'Església... L'hi hauré de deixar a en Quim perquè, en aquest terreny, tots anem igual de perduts.

L'Escala, 7 de febrer de 1952

Ahir va morir el rei Jordi VI d'Anglaterra, i al seu país hi ha un gran desconsol. El succeirà la seva filla Isabel, que només té... vint-i-sis anys! Només dos anys —encara no dos anys— més que jo, i serà la Reina d'Anglaterra. I mira'm a mi, amb cap missió més important a la vida que la d'aconseguir casar-me...

Carta de l'Elisa:

Barcelona, gener de 1952

Valèria: llegeix-te *La colmena* sense falta! Vols que te l'envïi o te'l compraràs tu? L'has de llegir de seguida. És una novel·la fantàstica, diferent, impressionant. Aquest Cela és un geni.

Hola, bonica. Com estàs? Jo enfeinada, la veritat: la feina al Museu, un curs d'art que faig a la Universitat, anar al cinema, a veure ballet al Liceu, llegir... com pots veure, tinc poc temps per trobar a faltar en Víctor. Creus que és significatiu? Sobre aquest tema t'he de dir que la meva germana Júlia des que s'ha casat té més bon caràcter —era fàcil de millorar, les coses com siguin—. Ella diu que és la felicitat. Tu què n'opines? Potser, després de tot, el matrimoni no és tan dolent i jo fins ara només n'he examinat el costat negre... Saps quin és el meu problema, Valèria? Que entre tots, tu també, m'heu inflat l'ego, m'heu supervalorat, i ara tinc uns anhels que ja no es poden frenar. Per què no podria tenir-ne prou amb una felicitat casolana, anant a passejar amb el meu marit i fent vestidets per als nens?

Bé, ja n'hi ha prou de parlar de mi. I vosaltres? Heu decidit una data per al casament?

Escriu-me!

Elisa.

L'Escala, 4 de març de 1952

Avui fa tres setmanes que no vaig a combregar. No puc ferho tenint, com tinc, la certesa absoluta que el meu penediment no és sincer i que d'aquí a uns dies tornaré a pecar. Ahir, dimecres, ens vam fer un petó de diumenge per dir-nos adéu. En Quim insisteix amb perseverança que els nostres petons llarguíssims no poden ser pecat «si són tan dolços», però no em convenç.

Li he demanat que no tornem a besar-nos d'aquesta manera «sense motiu» i ell, que tot m'ho concedeix, aquesta vegada s'hi nega rotundament. Diu que el motiu és que ens estimem i que no pot haver-hi motiu més poderós. Diu que no pot haver-hi res de mal en aquests petons. Jo li dic que en alguns sí que n'hi ha i, finalment, quedem d'acord que procurarem evitar-los. Però avui —dijous—, en acompanyar-me a casa, m'ha besat llargament i, davant de les meves protestes m'ha dit, amb un to gairebé infantil, «que sí, que avui és diumenge, dona...!».

Voldria mantenir el nostre amor tan pur com ho era abans, però per altra banda, he d'admetre que a mi també em resulta difícil d'entendre que aquestes expressions d'amor tan sinceres puguin condemnar-nos a l'infern.

Tu i jo, Quim, no som pitjors que tots els homes i les dones que s'han estimat abans que nosaltres. Aquests besos que hem après junts, tu de mi i jo de tu, no poden ser pecat.

L'Escala, 5 de març de 1952

Ja hi tornem a ser. Ens hem quedat sols a casa després de dinar, de forma imprevista. Tot ha estat saber-nos sols i gairebé podia olorar la passió que surava damunt nostre. Ha dit que volia fer-me una abraçada i quan jo, plena d'astúcia mal disfressada d'innocència, m'hi he acostat molt lentament, m'ha empresonat entre els seus braços i m'ha besat. Era el petó de la culpa, de la desobediència, de l'abandó, de la caiguda, de l'amor. Era un petó de diumenge.

Alço els ulls de la llibreta i veig que la Valèria ha recolzat el cap enrere, a la butaca, i ha tancat els ulls.

—Vols que ho deixem aquí?

—No, no. T'escolto...

L'Escala, 25 de març de 1952

Carta de l'Elisa des de París:

París, març de 1952

Estimada, estimadíssima Valèria, podràs perdonar-me algun dia? Avui fa quatre mesos justos de la nostra conversa telefònica, quan et vaig anunciar precipitadament que havia trencat amb en Víctor i que me n'anava a París. Et vaig prometre que t'escriuria de seguida i, ja ho veus...

Abans que res no pateixis per mi. Quan vam parlar, tot i la meva aparença de valentia, jo estava absolutament espantada, cansada, trista. Ja et pots imaginar com va ser de difícil prendre la decisió d'edificar el meu futur damunt del dolor de tantes persones.

Ara, sóc una altra dona. De veritat! Sis setmanes a Saint Germain des Près m'han transformat. Saps que en aquest temps que hem estat sense contacte m'he enamorat i m'han deixat per una altra? És curiós: fins i tot el dolor em fa feliç. Qualsevol cosa que signifiqui viure em fa feliç, tot menys tancar els ulls i permetre que la vida passi arran nostra sense tocar-la.

A més, tinc en Claude, tan alt, tan «charmant», amb la seva habitació plena de llibres i de discos en una mansarda; i tinc en Paul, que escriu poemes mentre roba alguna peça de fruita per poder alimentar-se als mercats parisencs i diu que no es recorda del nom del seu pare; i tinc l'Olivier, l'anarquista de bona família, extremament intel·ligent i sarcàstic; i tinc la Nathalie, amb els seus collages, la seva cambra humida i pudenta, sempre plena de gent que fuma i que beu; i en Théo, tan lleig, tan agosarat, tan divertit... em diverteixo tant, Valèria, i conec tanta gent interessant! I la Magalie i el seu marit, i els seus dos nens, i la seva casa amb un jardinet ple de males herbes i els dinars que hi fem els diumenges, sota la parra. Allà vaig enamorar-me d'en Jerôme, el que em va deixar per una altra, cosa que encara no comprenc però que accepto.

He conegut un arqueòleg francès que, en saber que sóc catalana, m'ha parlat de seguida del professor Bosch i Gimpera. Fixa't, aquí el coneix tothom que té a veure amb el nostre món. El meu amic arqueòleg no pot entendre que l'hagin obligat a marxar d'Espanya, en lloc d'homenatjar-lo com es mereix.

El món, Valèria, és molt més ample del que ens pensàvem.

Elisa.

L'Escala, 16 d'abril de 1952

Escric molt poc el diari i, quan ho faig, m'adono que tinc poc per dir. Rellegint els mesos anteriors veig que sempre parlo del mateix: el meu amor, les ganes de casar-me... fins i tot a mi m'embafa.

Aquest estiu no ha passat res de destacable: sortir a passejar, prendre la fresca en un cafè de la Rambla, anar al teatre a Figueres amb alguna parella d'amics. L'única cosa que em fa sortir de la monotonia són les cartes de l'Elisa, cada cop més engrescada en la seva vida a l'estranger.

París, abril de 1952

Estimada Valèria, quina alegria rebre una altra carta teva... La teva absència és segurament l'única cosa que em pot portar a la nostàlgia en aquesta nova vida que, d'altra banda, em proporciona tanta felicitat. Tot és nou, tot és emocionant, tot m'interessa. Com vols que em concentri en una sola persona?Ja hi haurà temps per a l'amor.

I tu? Què fas capficant-te amb aquestes bestieses dels petons de festa i de cada dia? Que no ho veus que ens han entabanat des de petites? Per què veus com una cosa tremenda el que és un acte natural? És potser l'acte més digne de l'escala animal i nosaltres, éssers intel·ligents, el sublimem amb l'amor i per tant l'elevem a un rang superior.

L'endemà de la meva primera experiència, em vaig llevar sent la mateixa que abans. El mateix rostre, la mateixa mirada, pràcticament no m'havia deixat petja. Vaig pensar: allò que era tan terrible ha passat i mira, com si res. Ni tan sols havia conegut el plaer. Estava massa espantada. Però és veritat que em vaig mirar el noi que havia dormit amb mi i vaig pensar que hi tenia una intimitat diferent. Em despertava, potser no amor de veritat, però sí una gran tendresa. Segurament més tendresa que la que senten pels seus marits la majoria de les castes dones espanyoles.

Sé que no és ni serà el teu cas, i per aquesta raó encara em provoca més malestar el teu neguit. Per què t'ha de fer patir demostrar amor a l'home que has triat i amb el qual compartiràs tota la vida?

Pensa-hi.

Elisa.

L'Escala, maig del 1952

Han passat tres setmanes i no hi ha res de nou. Ja ho saps, diari meu: en Quim és un sol, l'estimo, quan ens casarem? He fet vint-i-quatre anys i en fa cinc que desitjo que arribi el moment de casar-me i de tenir una vida independent.

Estic cosint un joc de taula que és un somni: roba blanca i margarides grogues brodades. Ja l'estic acabant i tinc ganes de veure'l planxat i plegat, a punt d'estrenar. La impaciència d'aquesta llarga espera em devora i deixo passar els dies només perquè sé que m'acosten al dia que seré seva.

Els pares han començat —per fi!— a pensar en una data. Ho fan amb to pessimista, expressant dubtes constants sobre la nostra economia... Faig veure que no els sento i continuo insistint que el mes d'octubre vinent seria una bona data.

L'Escala, 20 de juliol de 1952

El meu últim estiu de soltera es fa etern. La impaciència em fa estar neguitosa des que em llevo fins que em fico al llit.

Cuso, llegeixo, passejo amb en Quim o amb alguna amiga, però els meus dies es fan llargs i jo pressento una vida més feliç i més plena que m'espera amagada darrere la cantonada.

No sóc bona per esperar.

L'Escala, 7 d'agost de 1952

Encara no em puc creure el que ha passat. Aquest matí, quan m'he despertat, no gosava obrir els ulls per por que ho hagués somiat tot, però no!, la notícia continua sent certa: tenim una casa!

Els pares ens van demanar ahir a la tarda que els acompanyéssim a fer un volt. Em va estranyar que un divendres el pare pogués tornar a casa tan d'hora, però com que en Quim tenia la tarda lliure, vam dir que sí.

Anàvem caminant a poc a poc, en Quim i el pare comentant la mort de Stalin, que els soviètics havien amagat durant tot el dijous i finalment s'havia sabut a primera hora del matí. La mare i jo avançàvem tot darrere, agafades de bracet. Quan estàvem a punt de sortir del poble, veient que no s'aturaven, he preguntat al pare on anàvem, però ha fet que no amb el cap, amb un somriure misteriós i ha seguit caminant cap a Sant Martí. En Quim, la mare i jo, l'hem seguit.

Caminàvem arran de mar i la marinada ens despentinava els cabells. Quan érem a l'alçada de la roca del cargol, tot d'una, el pare s'ha aturat davant d'una caseta de planta baixa i pis, amb un petit jardí al davant. Tots ens hem aturat com ell i aleshores ha fet una passa, ha obert la porta baixa de fusta de l'entrada i ha dit: «Au, va, passeu! Que no voleu veure-la?».

En Quim i jo estàvem muts —diria que ell s'ha posat pàl·lid— i finalment he preguntat de qui era aquella casa. Ha dit: vostra.

Casa nostra! Que bé que sona! L'he abraçat amb tanta efusió que l'he fet trontollar, i després he començat a petonejar la mare, mentre en Quim somreia. Ens han comprat aquesta casa que és una delícia: petita, ben distribuïda, assolellada... i amb una mica de jardí!

Després de veure la casa —la nostra casa!—, hem anat a prendre un gelat al Cafè i hem fixat la data del casament. Si tot surt bé, podria ser el dissabte, 4 d'octubre.

Dissabte, 6 de setembre de 1952

El meu vestit de núvia serà fabulós, el més elegant que s'hagi vist mai! Avui he anat amb la mare a casa de la modista, la senyora Anita. Hem triat la roba —organça d'un blanc lluminós i setí d'un blanc trencat— i he acceptat el suggeriment de la senyora Anita, que considera que *amb aquesta figura que tinc* em puc permetre el luxe de portar un vestit cenyit. Serà preciosíssim. En Quim es tornarà boig.

11 de setembre de 1952

El banquet serà a Ca la Neus: còctel de gambes i pollastre de pagès amb prunes i pinyons. Tenim a punt per enviar gairebé cinquanta invitacions.

Els mobles que ens fa en Miquel van endavant: ja he vist el tocador, el llit i les tauletes de nit i l'armari... tot de línies senzilles, com de tipus colonial anglès, molt bonic.

En Quim i jo ens portem molt bé des de fa ben bé dos mesos. Sovintegen els petons de diumenge, però quan jo dic prou, ell obeeix, remugant però amb docilitat, perquè sap que aquest turment de l'abstinència ja s'acaba.

Demà, primera emprova del vestit.

12 de setembre de 1952

Una bogeria de bonic!

20 de setembre de 1952

El ram de núvia serà de lliris d'aigua. Al cap hi portaré una diadema de setí, molt discreta, just per poder-hi agafar el vel.

He acompanyat en Quim a cal sastre: li estan fent un vestit gris, de gal·les, que li feia tanta il·lusió, i el de casar —negre amb unes ratlles blanques quasi imperceptibles.

La casa està a punt, impecable. La mare fins i tot ha fet pintar els testos de la galeria, tots d'un color verd pàl·lid encertadíssim.

De tant en tant, mentre cuso, o vaig a fer algun encàrrec, sento una veu a dins del meu cervell que em diu: Em caso! Em caso amb en Quim Danés!, i no puc evitar de dibuixar un gran somriure, encara que estigui sola. La felicitat se m'escapa pels costats de la boca...

29 de setembre de 1952

La mare i l'àvia Valèria, amb molta cerimònia, m'han regalat tot l'aixovar íntim: roba interior i de dormir. La camisa de núvia és de color marfil, tota plena de blondes —potser una mica massa transparent al pit...—, també hi havia un parell de mitges, tot embolicat amb paper de seda i grans llaçades de color blau cel.

Penso cada vegada més sovint en la nit de nuvis i, espero que com totes les noies en les meves circumstàncies, tinc moment de tot: entusiasme, por, esperança, angúnia, tot barrejat. Aquests són els dies de l'esperança, de l'expectació i de la ignorància. Com serà l'endemà, quan hagi travessat el pont i hagi arribat a l'altre costat? Em fa por que tingui un regust agre això de no esperar ni desitjar res més, quan ja tot està descobert i posseït.

És clar que hi haurà la vida en comú, i els fills... però jo parlo de l'Amor, del descobriment de l'amor que només es produeix un cop a la vida. En unes hores, passarà allò que ha omplert de cavil·lacions els últims cinc anys de la meva vida, les xerrades de llit a llit de la residència, les lectures prohibides i les pel·lícules fortes que només les més agosarades anaven a veure i després ens explicaven, les confidències sobre el nostre primer petó de veritat...

1 d'octubre de 1952

Falten només tres dies!!!

Ahir no vam arribar a llegir el diari del casament. La Valèria va reconèixer que estava cansada i massa emocionada per continuar. Avui ens asseiem tots dos al jardí i li dic que em limitaré a fer-li companyia. Fa una tarda suau de primers de setembre i només sentim l'agitació de les fulles molt de tant en tant.

La Valèria em mira i queda enlluernada per la posta de sol que tinc a l'esquena. Es protegeix amb la mà ossuda i tacada i comença a parlar sense que li hagi demanat res.

Capítol 9

Cada tarda, puntualment, vénen a veure'm les filles, la Màxima i la Neus més sovint, de vegades vénen amb els nens. Són molt macos i em deleixo per veure'ls, els néts, però he de reconèixer que m'atabalen, aquests dies, i que m'agrada la conversa íntima que puc tenir amb les noies quan no tenen els fills papallonejant entorn seu.

Amb les noies, no sempre aconseguim un diàleg amable. De vegades discutim. Som de mena discutidores, però sempre ho hem fet, i sempre acabem fent les paus. Ara, les enganxades solen venir dels consells que no paren de donar-me. Que he de sortir al carrer, que he de moure'm, que perquè no veig alguna amiga... uf. Si em deixessin tranquil·la...!

La Martina, com sempre, es dosifica i, encara que sigui injust, l'hi agraeixo i la rebo amb més entusiasme.

La Max m'ho recrimina, i encara amb més contundència, em retreu la meva actitud amb en Guillem. Assegura que per més cansada i desanimada que em senti, quan arriba el seu germà jo m'esforço per revifar-me i oferir-li la meva millor cara, i que amb elles tot són lamentacions. Té una mica de raó, tinc tendència a protegir-lo perquè els homes, en aquest terreny, són més febles. Però també és cert que en Guillem il·lumina la casa quan entra taral·lejant alguna cançó i em saluda des de lluny amb el seu to ple d'alegria: Bon dia, mare! S'asseu al meu costat i m'explica com va el negoci, comenta amb sorneguería la visita d'aquell client tan pesat, em fa riure amb comentaris irònics sobre la seva tia Consol...

Les noies, ho reconec, també s'esforcen per evitar-me de totes totes qualsevol caiguda en el desànim. Els ho agraeixo, però s'equivoquen en el mètode. Em pregunten contínuament com em trobo, què em fa mal, i jo responc que em sento sola i desvalguda, que tinc por. És clar: no hi ha aspirines per a aquests mals, i elles s'incomoden. La debilitat —quan no és física, quan és moral— esdevé del tot impúdica, ja ho veig.

Per intentar evitar que totes passem una mala estona, els asseguro que estic bé, que poden marxar tranquil·les, i amb aquestes paraules aparentment innocents —a aquestes alçades, ja no crec en la innocència de les paraules—, desperto la seva agressivitat, la que genera el seu orgull ferit. Que sóc injusta, que no em deixo ajudar, que què més vull d'elles, si em vénen a veure cada dia, i em truquen, i viuen pendents de mi... Com podria aconseguir que entenguessin, sense ofendre-les, que és justament aquesta vigilància extrema la que em disminueix als meus propis ulls? Que no vull que m'acotxin amb núvols de cotó fluix, que vull viure aquests dies, que segurament seran els últims, amb plena lucidesa, a pèl, intensament, al cap i a la fi. No vull viure'ls com una velleta malalta, protegida i entabanada, com una criatura ingènua, com una minusvàlida sentimental.

Potser és que no puc resistir saber que no sóc necessària per a ningú. Potser és que em fa por saber que fa molts anys que vaig deixar de ser-ho.

Necessito, molt més que el consol i l'abraçada compassiva, la conversa franca que em permeti revisar el camí que he fet, disseccionar aquesta vida que, per bé o per mal, m'ha conduït fins aquí. Només ho puc fer amb tu, que em mires com si encara veiessis una noia de vint anys.

Una noia que li falten tres dies per casar-se?, pregunto, amb un mig somriure.

La Valèria fa que sí amb el cap i jo busco a la motxilla el quadern de l'any 52.

Busco la data del 4 d'octubre i no puc evitar una expressió de sorpresa: la lletra no és l'habitual. La Valèria deixa anar una petita rialla. «Ja no me'n recordava! És la lletra d'en Quim! Jo estava tan cansada que li vaig demanar que hi escrivís ell».

L'Escala, 4 d'octubre de 1952

Hem anat a combregar tots dos a les vuit del matí. La Valèria, després d'haver tingut migranya els dos últims dies, avui es troba perfectament. El temps, que amenaçava pluja, ha variat i farà un dia magnífic. El «nostre dia» ha començat.

La Valèria m'ha demanat que deixi constància de tot el que ha passat avui, diu que ella està massa nerviosa, i massa cansada, i massa emocionada. D'acord. Ho faig.

Dret, al costat de l'altar, espero l'arribada de la Valèria. Espero i... ara! Sona la marxa nupcial. Avança pel passadís, del braç del seu pare, amb un gran somriure, camina lentament. Fins ara he estat tranquil, però ara que ella s'està acostant, les cames em fluixegen. El vestit és una meravella. Darrere el vel veig els seus ulls que em miren com saben mirar-me. L'estimo. M'agrada.

Tot va com una seda. El meu «sí» és ferm i rotund, el seu emocionat i suau. Ens agafem les mans, molt fort. Ja som casats. Mossèn Reniu ens avisa que ja podem deixar-nos anar.

En sortir de l'església ens plouen els petons i les abraçades: els pares, els amics, tots ens feliciten. La Valèria escampa la seva simpatia arreu. Tothom és feliç amb nosaltres.

El banquet és fantàstic, ben presentat, ben servit —ella, pobrissona, ha de menjar un altre menú per culpa dels vòmits dels dos últims dies—. Mentre ballem, els parents de fora comencen a marxar. Tot ha resultat perfecte, en tindrem un record rodó.

Anem a casa, ens canviem de roba, carreguem l'equipatge al cotxe que ens porta a Barcelona. I allí, al seient del darrere de l'automòbil, ens fem un petó llarg i sense presses. Ja no sóc dolent!

En arribar a Barcelona anem a la Residència de les Teresianes. Ens aturem davant d'aquella porta que ens ofereix tants records i ens mirem. Som marit i muller!

Ens reben la directora i tres monges que abracen la Valèria i la petonegen. L'estimen molt. (No m'estranya). Deixem el ram a la Marededéu.

Anem a l'Hotel Orient i pugem a l'habitació que hi teníem reservada. Només de tancar la porta darrere meu, noto una sensació estranya, molt estranya. Som tots dos sols en una habitació d'hotel. Passarem la nostra primera nit junts.

M'agrada parlar en plural. Des d'aquest matí serem sempre més nosaltres.

L'endemà

La nostra primera nit junts ha estat un autèntic fracàs: nervis, vergonya, por, angoixa... tot això pesava molt més que el desig fervent, que també hi era. No sé com, però m'ho esperava. M'esperava aquest primer fracàs de dos enamorats inexperts i mal informats. Això no vol dir que em deixés indiferent, ni de lluny.

La Valèria s'ha adormit entre llàgrimes cap a les tres de la matinada. Jo he seguit despert. Quan ella s'ha despertat amb la primera claror hem encetat una segona temptativa, i una tercera, que han acabat igualment en fracàs. És curiós, però ha estat així que m'he anat sentint menys trist, menys enrabiat. Quan hem començat a sentir brogit a la Rambla, gairebé estava content: la Valèria és la meva dona, la tinc adormida al meu costat i la seva intimitat és totalment meva. La resta, ja vindrà. Hi ha d'haver moltes nits.

13 d'octubre de 1952

Torno a ser jo. La Valèria. La senyora Danés (!). La segona nit vam anar a sopar en un restaurant del Tibidabo. Abans d'entrar-hi vam estar passejant una estona. Hauríem volgut veure Barcelona, però la ciutat s'amagava a sota d'una boira espessa. No hi feia res: caminàvem abraçats, parlant de la nit anterior, confessant les nostres frustracions, i la boira semblava d'atrezzo, perquè ens anava bé estar protegits de les mirades de tothom, gairebé de nosaltres mateixos.

El sopar va ser tan agradable. I la nit, també. Vam estimar-nos amb més passió i amb més traça, amb menys vergonya i amb menys por. I tots dos, en Quim també segons m'ha dit, vam dormir després vuit hores d'una tirada.

Figueres, 25 de novembre de 1952

Carta de l'Elisa:

París, novembre de 1952

Estimada: estic contentíssima de la teva felicitat sense pal·liatius. No tenia cap dubte que en Quim triomfaria absolutament al teu cor, com d'altra banda ho ha fet sempre, oi? I veig que l'embaràs només ha fet créixer el vostre amor. Enhorabona.

Celebro que t'agradés el joc de cafè que et van regalar els meus pares. Si vols que et digui la veritat, jo ja no recordo com era... Et vaig dir que estaves realment preciosa el dia del casament?

Per què no pares de patir per mi? No em sento desgraciada, Valèria, però ja saps com sóc (potser se t'està oblidant, com que ens veiem tan poc....!), no sóc de fer escarafalls de res. M'agrada viure les coses que em toca viure, la majoria dels dies sóc feliç, però no ho expresso tant com ho pots fer tu, només és això. Tonta.

Naturalment, com em dius a la teva carta, la felicitat ens fa més vulgars, i potser per això les meves cartes et semblen poc excitants.

La teva felicitat, Valèria, és més completa que la meva, perquè reposa en una cosa important. Jo sóc feliç sense motiu, simplement perquè sóc optimista de mena. La felicitat, per mi, no és un volcà, és un estany d'aigua quieta. Hi ha res en aquest món tan miraculós i a la vegada que s'entomi amb tanta naturalitat com ser feliç? En canvi, el dolor, que hauríem de reconèixer com una cosa natural, cada vegada que ens arriba ens sorprèn i ens desconcerta.

I tu encara em dius que desitges ser més feliç... què més vols? Tu ets un cas especial: ets feliç i n'ets conscient.

París em torna boja, t'ho havia dit? (T'escric des d'una tauleta del Cafè Florette, al Boulevard Montparnasse). L'únic que no m'agrada són els preus: tot és caríssim, especialment el cafè, i ja saps quines quantitats en prenc, jo. Crec que finalment acceptaré la invitació d'un xilè pesadíssim que em vol convidar a sopar... Té diners, i per alguna cosa ha de servir. També em portarà a teatre, crec.

Ostres! Ara se m'acaba la tinta de la ploma, ara que estava creuant miradetes amb un home la mar d'interessant de la taula del davant... Aquí els nois són molt seductors, molt ben educats, i sobretot, molt cultes.

L'educat senyor de l'altra taula m'ha deixat una ploma per poder seguir escrivint, espera que acabi llegint el diari.

No sé si t'he parlat del matrimoni de pintors que em lloguen l'habitació on m'estic ara: contínuament tenen amics a casa i tots són músics, o filòsofs o poetes o actors. Aquí la gent té inquietuds de tota mena i parlen de política, d'art o de religió. Jo assisteixo a les reunions i participo amb el meu francès tan esquifit encara. I quan s'acaba i em fico al llit, estic tan excitada que no puc adormir-me. Sento un plaer gairebé físic d'estar vivint aquesta vida trepidant. Estudio ceràmica grega i escultura grega arcaica a l'Escola del Louvre, pintura romana i escultura grega clàssica a l'Institut de l'Art i Història de Grècia a la Facultat de Lletres. Em queda poc temps lliure, però voldria treballar algunes hores per guanyar alguns francs. Gasto tant! Estic espantada. De vegades fins i tot passo gana. És tot tan fantàstic.

M'he comprat *Le ble en herbe*, de Colette i *Le vieil homme et la mer*, de Hemingway. D'aquest últim tothom en parla, aquí. A Espanya també? S'ha traduït al castellà? He de plegar: el senyor educat ja comença a mirar-me malament. Demà continuo.

L'home de la ploma es diu Pierre Bertrand i és periodista, ahir vam acabar sopant junts i m'ha promès que em trucarà un altre dia...

M'han portat una carta del director de l'Institut Alemany d'Arqueologia de Madrid oferint-me la possibilitat de fer una beca d'estudis a Alemanya, com jo havia sol·licitat.

Valèria: seria tan difícil trobar un marit que em compensés d'haver-me perdut tot això! Quina sort que has tingut. Hi ha tantes noies que es deixaran enganyar, pensant que aprendre a fer fricandó per al seu marit és la seva missió en aquesta vida. (No et pensis, jo segur que acabaré sabent-ne).

Fora bromes: aquí les noies de vint anys tenen més cultura que jo, que en tinc vint-i-sis i he estudiat una carrera. A Espanya l'educació és molt deficient, de veritat.

Valèria estimada, he de plegar, em vénen a buscar. Fes petons a en Quim de part meva, i toca't la panxa com si ho fes jo per dir hola al teu nen.

Elisa.

La Valèria es remou a la cadira de vímet per trobar-hi més comoditat. Sé que li fa mal l'esquena. Li suggereixo que seguiré jo a casa fullejant els diaris, que ella pot reposar fins a l'hora de sopar. Accepta de seguida però m'adverteix que la seva vida, em els anys següents al casament, no serà gaire entretinguda: embarassos, bolquers i papilles i para de comptar. I té força raó. També hi ha grans períodes de silenci i alguna sorpresa, per exemple: obro el quadern de 1954 per un full qualsevol i l'entrada està datada a Barcelona.

Barcelona, 3 d'octubre de 1954

Són les set del vespre d'aquest diumenge d'octubre que encara allarga la claror dels dies. En Quim treballa al despatx, en silenci, i la nena dorm plàcidament al bressol al meu costat. La casa respira pacíficament al ritme de les nostres tres vides, enllaçades en una de sola. Ha estat aquest moment tan pròxim a la felicitat el que m'ha empès a regirar la calaixera fins a trobar aquest diari. L'últim dia que hi vaig escriure va ser el 25 de novembre del 52, fa gairebé dos anys. A l'última pàgina escrita hi vaig grapar una carta de l'Elisa des de París.

He rellegit aquelles paraules emocionades dels dies previs al casament, la irrupció de la lletra d'en Quim fent el relat d'aquell dia lluminós en què vam convertir-nos en un matrimoni i l'escriure eixelebrat i vital de l'Elisa fent-me participar del seu descobriment de la llibertat lluny de casa.

No es pot dir que no m'hagin passat coses en aquests dos anys, ans al contrari, però deu ser veritat que la felicitat ho embolica tot en un paper de seda que esmorteeix les vibracions. La veritat és que no he tingut la necessitat d'escriure, i per això no ho he fet.

Els oncles d'en Quim, que tenen una farmàcia a Barcelona, li van proposar que anés a treballar amb ells, ara que havia agafat experiència. Era una oportunitat de prosperar econòmicament i, sobretot, ell hi veia moltes possibilitats perquè jo pogués trobar algun dia una feina relacionada amb el món de l'arqueologia. Jo ho veia difícil i em feia certa basarda marxar lluny de casa ara que tenim la nena, però finalment ens vam decidir, així que ara vivim al barri de Sarrià, en un carrer estret i bonic, en un pis modern i ple de sol.

Dit així sembla fàcil, però no ho va ser gens. Va ser un esforç costerut no deixar-se dominar per la indignada reacció dels meus pares, que es resistien feroçment a perdre'm per segona vegada, és a dir, a deixar-me marxar a Barcelona i, en aquesta ocasió, amb el pressentiment que seria per sempre. Va ser molt dolorós allunyar-se, doncs, de les nostres famílies, dels amics, del nostre estimadíssim Empordà.

Vam fer el trasllat el mes de setembre, amb la petita Neus de dos mesos al cabàs i una por cerval a les maletes. Vam tancar, amb llàgrimes als ulls, la nostra casa acabada d'estrenar i vam omplir les parets d'aquest pis de marines i de cels empordanesos per sentir-nos acompanyats i protegits.

I aquí som tots tres, encara amb el pis a mig girbar, en Quim molt i molt enfeinat i jo pendent tothora d'aquesta menuda d'ulls riallers que no ens deixa dormir a les nits.

Estic molt cansada i no em plau tant com em pensava aquesta nova vida plena de bolquers, de plors nocturns i de rotets.

Tinc ganes de fer alguna cosa que faci moure el meu cervell.

Barcelona, 10 de novembre de 1954

El nostre pis ja fa una altra cara, i a mi cada dia m'agrada més. M'agrada el portal, tan modern, amb l'escala pintada de color blau-verd que contrasta amb les rajoles de terra, molt fosques, gairebé negres, amb vetes blanques i grises.

M'agraden els sofàs de skay que hem comprat per al menjador i, sobretot... sobretot, m'agrada el moble-bar que em va regalar en Quim, perquè va veure que me n'havia enamorat quan el vam descobrir casualment en l'aparador d'una botiga molt important del carrer Muntaner.

He posat cortines a totes les finestres, d'una roba molt lleugera de color crema. M'agrada veure-les voleiar quan obro al matí per ventilar tota la casa.

La Neus és una autèntica preciositat i és la nena més riallera que conec. Quan li dono el pit, com que té la boca ocupada i no pot somriure, riu amb els ulls. I quan ho fa, i mantenim la mirada l'una amb l'altra durant una bona estona, em ressegueix l'espinada un calfred que només havia sentit quan em mirava en Quim al començament del festeig.

Barcelona, 21 de febrer de 1955

Per Nadal vam poder passar sis dies a l'Escala, i la veritat és que hem viscut unes festes molt especials, sobretot per la Neus i per l'Albert, el fill del meu germà, que va néixer el dia 15 de desembre passat.

Tornem a ser a Barcelona, intentant de sobreviure aquest mes de febrer tan fred —amb neu i tot!—. Tot i les temperatures baixíssimes, ahir en Quim em va convèncer perquè anéssim al cine. Volia celebrar que els seus oncles l'han felicitat pel balanç dels seus primers sis mesos a la farmàcia.

Li vaig demanar a la Maria Mercè, la veïna de replà, que se m'havia ofert un munt de vegades, si es volia quedar un parell d'hores amb la nena. Ara que ja no li dono el pit resulta més fàcil deixar-la.

Vam anar a veure *Mogambo*, una pel·lícula que passa a l'Àfrica i que em va fer morir d'enveja. Enveja de veure la bellesa de la Grace Kelly i de l'Ava Gardner, que no saps quina triar, enveja de ser a l'Àfrica, i veure les feres salvatges de prop, enveja d'enamorar-se d'en Clark Gable i viure escenes tan romàntiques... Tot i així, quan es van encendre els llums i vaig tornar a la realitat, em vaig sentir culpable de no haver pensat en la meva filla durant tota la pel·lícula i em va venir una pressa desesperada per tornar-la a veure. Vaig fer córrer literalment en Quim i vaig pujar les escales de dos en dos fins a arribar a la porta de la Maria Mercè. La Neus dormia tan pacífica com sempre al seu bressol i no havia fet ni un sorollet en tota la tarda.

Barcelona, 3 de març de 1955

L'Elisa és a Barcelona! La notícia —la bonissima notícia—, per mi, és que s'ha de quedar un parell de mesos, entre beca i beca. Ella està desesperada, diu que quan és aquí té la sensació d'estar perdent el temps (i això que estudia italià i alemany, fa classes de tennis i el seu germà li ensenya a conduir).

Tant és: a mi em fa feliç tenir-la a prop, poder veure-la cada dia. A les tardes sortim a passejar amb la nena i torno a riure com feia molt de temps que no ho feia.

També parlem seriosament de moltes coses... Ahir, per exemple, li vaig confessar que de vegades penso que no estimo prou la Neus. És a dir, que no l'estimo tant com altres mares els seus fills, i li vaig confessar que se'm fa una mica pesat això dels plors a les nits, i estar tan lligada...

I ella, l'Elisa, em va tranquil·litzar dient-me que tot això era molt normal i que li passava a tothom, però que les altres no ho diuen. Que quan la Neus tingui un parell d'anys i ja raoni, tot serà molt més engrescador, i trobaré fantàstic poder «fer» una persona, la meva filla.

Després de tot això, tant l'Elisa com jo vam adonar-nos de com era de curiós que fos *ella* qui m'estigués cantant les lloances de la maternitat *a mi*, i vam esclatar en grans rialles que van espantar la nena, que es va posar a plorar amb gran sentiment.

Barcelona, 19 d'abril de 1955

M'he llevat amb un mal de cap d'aquells tan terribles i un puja i baixa que... He hagut de parar d'escriure perquè la nena ha vomitat tota la papilla que, amb tanta paciència, havia aconseguit que mengés. La tenia a coll mentre escrivia i m'ha tacat tot el diari...

Estic força neguitosa: l'Elisa marxa la setmana que ve a Bonn i jo em torno a quedar sola, tot el dia engabiada amb la criatura, sense fer res de profit. En Quim em diu que sí que faig coses que valen: que m'ocupo de la nena, i d'ell i de la casa... però no és això. La veritat és que quan penso en els anys que vaig desitjar impacientment arribar on sóc ara, veure'm casada i mare de família... em sento profundament enganyada. M'agradaria poder-ho dir a les noies jovenetes: no us caseu si no voleu convertir-vos en dones cansades, asexuades i deprimides.

Barcelona, 13 de maig de 1955

La Neus està molt refredada. Té mocs i no respira bé a les nits, tampoc no té gana, i quan aconsegueixo que mengi, els mocs la fan ennuegar-se i acaba vomitant-ho tot. El metge diu que ara amb el bon temps s'acabaran els constipats, però...

Carta de l'Elisa:

Bonn, maig de 1955

Estimada Valèria: totes les dones casades sou iguals. Ho voleu tot: un marit enamorat, uns fills sans, una casa ben bonica, benestar i seguretat... i a sobre, emocions i romanticisme. No demaneu res! Jo, de moment, he de conformar-me només amb això últim, el romanticisme i, encara, amb molts inconvenients.

Tinc un «flirt» amb un holandès que es diu Hans. És guapíssim, però ens entenem poquet amb el seu mig alemany, el meu mig anglès i una barreja estranya que parlem tots dos. La veritat és que m'agrada força més el director de l'Institut Arqueològic, però és casat, i això complica les coses. Però és tan interessant! Té un sentit de l'humor que et faria morir...

Però tornant a la teva tristesa... Vols dir que no hauries de tenir una altra criatura? Què penses, que estic boja? A mi em sembla que aquesta nena teva ja deu ser, a aquestes alçades, una malcriada i una mimada, i que li convé tenir un germà. I a tu... com que tard o d'hora ho hauràs de fer, més val que sigui ara i així t'ho treus del davant.

Apa, anima't, dona! Petons i petons.

Elisa.

Barcelona, 5 de juny de 1955

Carta de l'Elisa:

Bonn, juny de 1955

Estimada Valèria, que ridícula que ets! Mira que agafar el xarampió! Noia: això està bé per a la teva filleta, però no per a una dona amb tota la barba com tu!

Jo començo a escurar els dies aquí a Bonn. Tot i que la beca s'acaba, podria quedar-m'hi, l'Institut Arqueològic m'ha ofert feina, però necessito canviar d'aires, la vida comença a fer-se avorrida aquí i en Hans és pesadíssim. Estic preparant un viatge a Grècia...

Et puc demanar un favor, Valèria? No em renyis més, si us plau. Ja sóc granadeta, no et sembla? Fins i tot si vull tenir un embolic amb un senyor que està casat (a més: encara no he tingut res amb ell, només era una idea). La meva vida no camina de dret a l'infern, com t'imagines: només treballo molt, visito museus i esglésies com una boja, faig l'amor molt de tant en tant i fins i tot vaig anar dos diumenges seguits a missa (quan va venir la meva mare a veure'm, tot s'ha de dir).

Pots considerar la meva vida pecaminosa, si t'agrada la paraula, però no em diguis que «l'estic llençant per la borda».

Les dones que van a la perruqueria i a missa cada dia sí que ho fan. Jo no. Jo estudio, treballo, conec gent, aprenc coses, visito llocs, tinc converses interessants sobre art i política.

No em renyis més...! Si no pots entendre'm, com que m'estimes, accepta'm com sóc. Com saps que tu tens la veritat absoluta? La teva vida no és molt millor que la meva, vull dir que ni tu ni jo passarem a la història per haver fet grans coses... tenim vides petites, i cadascuna decideix com les volem viure.

Ostres, Valèria, perdona'm la filípica. Fes un petó dels que fan soroll a la Neus de part meva. I escriu-me ben aviat! Una abraçada enorme.

Elisa.

L'Escala, 6 d'agost de 1955

La Neus és un sol. Ja diu ma-ma i pa-pa i ...tat ! Fa dos dies que som a l'Empordà i ens hi quedarem fins l'endemà de la Marededéu d'agost.

Em penso que torno a estar embarassada. En Quim està horroritzat, diu que és massa aviat, que la nena és molt petita... però jo em recordo de les paraules de l'Elisa, i crec que tenia raó. Vull tenir un nen i vull tenir-ho fet aviat. Quan hagi criat aquesta parelleta, buscaré feina i, qui sap, potser podré trobar-me amb l'Elisa en algunes excavacions d'un país llunyà... Des de fa mesos torno a llegir totes les revistes i llibres relacionats amb arqueologia que em cauen a les mans.

He llegit, per exemple, que a Badalona comencen a construir un Museu damunt mateix de les restes de les termes romanes que van descobrir el mes de gener passat, al

Clos de la Torre. Són uns banys públics mil·lenaris, una troballa espectacular... m'agradaria tant poder treballar-hi...

Barcelona, 1 d'octubre de 1955

Ahir es va matar en James Dean en un accident de cotxe. Només tenia vint-i-quatre anys. He sentit a la ràdio que a Amèrica, els joves i, sobretot, les noies, ploren pels carrers.

Jo ploro cada vespre, i no és per en James Dean. No sé què em passa: suposo que és a causa de l'embaràs. Em passo el dia marejada i, quan es fa fosc, m'entren cada dia ganes de plorar. En Quim diu que està amoïnat però...

Barcelona, 13 de gener de 1956

Estem passant un hivern molt fred. La nena està sempre constipada i jo passo treballs per poder vestir-me, amb aquesta panxa immensa que em precedeix...

Abans de Nadal es va morir el pare de l'Elisa, que va venir a Barcelona, no cal dir-ho. La vaig consolar tant com vaig saber, però em temo que el seu dolor només es cura amb l'activitat, de tota mena. L'Elisa necessita viatjar, treballar, conèixer gent, estudiar. Si hagués de fer la vida que faig jo es moriria.

Jo vaig fent, però la veritat és que trobo a faltar d'una manera ja força desesperada fer alguna feina gratificant i ja li he dit a en Quim que quan la criatura que esperem tingui un parell d'anys —la Neus ja anirà a escola—, buscaré alguna feina. Hi està d'acord.

Març 1956

Carta de l'Elisa:

Roma, març de 1956

Estimadíssima i enyorada Valèria: no pateixis tant per mi, que estic molt millor. Penso sovint en el meu pare, i pateixo per la meva mare que es deu fer farts de plorar, però la meva vida aquí a Roma és tan intensa que no em deixa temps per deprimir-me.

M'agrada molt que m'expliquis coses de la teva nena... només faltaria! Per què et penses que pel fet de no tenir fills no puc entendre els sentiments que provoca la maternitat? És com si jo em disculpés d'explicar-te coses de la meva vida professional o sentimental. Per cert, tinc un «flirt» nou: és suís, catòlic, i arqueòleg. Quants defectes en una sola persona! No n'estic enamorada, però ell sí que n'està de mi i, ja saps, és molt agradable que algú estigui pendent de tu.

A banda d'aquesta perdonable frivolitat (no la perdones? Jo sí) treballo i estudio molt.

I tu? A les teves últimes cartes he notat que ja tens ganes de fer alguna cosa més que cuidar criatures. Quan neixi aquest segon nen —o nena—, hauries de buscar una dona que es pugui quedar amb ells unes hores al dia i posar-te a treballar en algun museu. No tens por que se't rovellin els coneixements? I no em vinguis amb punyetes de diners... amb el que guanyis podries pagar aquesta dona que t'ajudés. No hi fa res si no et queda ni una pesseta del sou, hi sortiràs guanyant en salut mental, fes-me cas.

Em fa ràbia pensar que estàs deixant la teva intel·ligència —més brillant que la meva—, i la teva creativitat —infinitament més brillant que la meva—, entre les cassoles i les papilles.

Saps què? Aquest estiu, quan passi unes setmanes de vacances a Barcelona, vindré a recollir els teus dos destorbs i me'ls enduré uns dies amb mi perquè puguis estar tranquil·la. A més de fer-te de mainadera també puc fer-te la compra i cuinar. A fer neteja no m'hi comprometo.

Elisa.

Barcelona, 11 d'abril de 1956

L'embaràs se m'està fent interminable. Em passo el dia mig estirada al sofà, vigilant la Neus que, pobreta, es porta molt bé i s'entreté amb les joguines d'encaixos sense fer soroll. Em mata el mal d'esquena i l'avorriment. Llegeixo i llegeixo —dos joves autors castellans que m'han emocionat: Delibes i Sánchez Ferlosio— i espero que arribi en Quim i m'expliqui què passa fora de casa, al món dels vius.

L'ambient polític està trasbalsat: molts obrers de Barcelona fan vaga i el govern està que trina. Els treballadors no estan d'acord amb la millora dels salaris que va aprovar el consell de ministres. Sembla que el govern ha clausurat algunes fàbriques per acovardir els treballadors. No sé pas com s'acabarà...

Barcelona, 25 d'abril de 1956

El dia 19 d'abril va néixer el nostre petit Guillem. No tenia cap nom de nen pensat perquè tenia el pressentiment que seria una altra nena. M'agrada que sigui un noi.

Quan en Quim va entrar a l'habitació, emocionadíssim, ja vaig saber que aquell nen seria la seva passió. «Un nen!», deia i repetia, com si fos un autèntic miracle. Es veu que ell també es pensava que tindríem una altra nena.

En Guillem va néixer mentre el príncep de Mònaco es casava amb la Grace Kelly. Ella semblava irreal de tan bonica.

—Així que en Guillem i la Neus es porten molt poc, oi?

Encara no dos anys. De petita, la Neus era la nena més tranquil·la que et pots imaginar. Va dormir de seguida a les nits, s'entretenia jugant amb qualsevol cosa, silenciosa, sempre disposada a somriure. Una delícia de nena. Segurament per això de seguida em vaig resignar feliçment a tenir-ne un altre tan aviat. Quina jugada per ella: amb el seu bon caràcter, amb el seu comportament impecable, va provocar el primer i més important cataclisme de la seva vida emocional.

Quan va néixer el seu germà, la Neus encara no tenia dos anys. Era una nena dolça, d'ulls petits i expressius, riallera. El seu pare n'estava boig. Als vespres, sempre s'encarregava ell de posar-la a dormir: deixa-m'ho fer a mi... que jo no l'he vista en tot el dia..., i es passaven ben bé una mitja horeta a l'habitació, ell li cantava cançons, li feia pessigolles, ella li feia endevinalles, li ensenyava els dibuixos que havia fet... Jo admirava en Quim, com sempre, perquè havia sabut relacionar-se amb la nena des del primer dia. Jo havia hagut de passar un llarg procés d'adaptació, superar la inquietud que em provocava que aquella vida depengués de mi, i estava segura que si se'm donava una segona oportunitat, ho faria molt millor.

Així que vaig quedar-me embarassada, la Neus va començar a dormir pitjor a les nits. Es despertava tres o quatre vegades, sovint amb plors, i no es tornava a adormir fins que el seu pare o jo l'amanyagàvem i li dèiem paraules dolces en veu baixa. De seguida vaig dir que la notícia del germanet li havia caigut malament, però tothom m'ho treia del cap, fins i tot en Quim.

Quan li preguntàvem si preferia tenir un germanet o una germaneta, la Neus responia amb celeritat: un nen!

Ningú més que jo va detectar en aquell desig formulat amb mitja llengua tota l'angoixa que la petita sentia per evitar que una altra nena dolça i afectuosa pogués rivalitzar amb ella per l'amor del seu pare. Si el segon era un nen, hi havia alguna possibilitat que el pare pogués estimar-los a tots dos, de diferent manera.

Però tot i que va ser un nen, la Neus va comportar-se segons el manual dels infants gelosos: amb comportaments regressius i agressius. Va ser dolorós veure aquella nena tan pacífica convertida en una petita fera impossible d'amansir. Va tornar a fer la pipa, a deixar-se escapar el pipí, a fer rebequeries per qualsevol nimietat.

El pobre Guillem va quedar-se sense aquelles estones que en Quim havia dedicat a la seva germana, sense cançons ni pessigolles. *És injust*, deia jo, però en Quim no ho dubtava: em dedico a qui més em necessita. I ara em necessita més la nena, és la més desgraciada.

En Guillem somreia des de la cabassa...

Albons, 3 d'agost de 1956

Som a Can Poc Oli, a Albons, a casa dels avis Danés, tots dos morts, pobrets. Hi som la Neus, en Guillemet i jo. En Quim vindrà a passar els caps de setmana. De moment, de la possibilitat de fer vacances, res de res.

Sembla mentida com el trobo a faltar. De vegades em trobo desitjant tornar a ser ell i jo sols, com quan érem promesos. El necessito potser més que aleshores i mai no el tinc del tot perquè sempre hi ha la seva feina, o els nens, o la família, o els meus atacs de pessimisme sobtat... Després em sento culpable perquè, en el fons, és com si hagués desitjat que els nens, els meus sols, no existissin.

L'hi comento al meu germà i em sorprèn confessant que m'enveja. No goso preguntar-li si ell ja no troba a faltar la Consol quan la té lluny. O potser és que sempre la té massa a prop. Li explico que quan algú, en una botiga o on sigui, se'm dirigeix dient-me *Senyora Danés*, se m'enfila coll amunt una escalforeta de pura satisfacció. Riu i em mira com si estigués tocada del bolet.

Malgrat tot estic molt contenta d'haver vingut a l'Empordà perquè aquests dies m'han permès descobrir el meu pare en el paper d'avi i de jubilat, i en tots dos casos ha estat molt agradable. La canalla el torna boig i es passa el dia a fora el jardí jugant a fireta amb la Neus, o a pilota amb l'Albert, o amb en Guillem a coll per adormir-lo. El fet de no treballar, per altra banda, lluny de neguitejar-lo com tots ens imaginàvem, li ha endolcit el caràcter i no recordo haver-lo vist riure tant com aquest estiu.

Can Poc Oli no és una casa gaire còmoda, sobretot perquè tenir el bany al pati del darrere és pesadíssim, i no parlem de les humitats a les parets... i la veritat és que havent dinat, quan cau el sol en vertical, l'únic refugi possible és asseure's al jardí, a sota l'ombra del nesprer o de la magnòlia i deixar-te bressolar pels xisclets de la mainada, i per la mica d'aire que fa xiuxiuejar les fulles dels arbres.

Barcelona, 10 de setembre de 1956

Tot i la delícia dels dies d'agost a Albons, és molt agradable tornar al nostre pis de Sarrià, a casa nostra, tan còmoda, amb els mobles moderns i bonics, i amb la nostra recuperada intimitat.

Rebo carta de l'Elisa, desolada per la mort del seu admiradíssim Bertolt Brecht, i m'adono, avergonyida, que a mi m'havia passat per alt. Quan l'hi comento a en Quim em diu que és probable que els diaris d'aquí no ho diguessin. Si fos així, voldria dir que vivim en la ignorància i que aquest règim del general Franco ens fa viure amb els ulls tapats.

Roma/Friburg, agost de 1956

Estimada Valèria:

Estic passant uns dies força tristos. T'enyoro. La mort del meu estimat Brecht, que he llegit i rellegit amb reverència, m'ha fet pensar en el meu pare que, malgrat el seu tarannà conservador, va ser qui em va obrir les portes de la seva biblioteca i em va fer conèixer Brecht i tants altres autors de qui he après tantes coses.

Em sento terriblement mandrosa, sense ganes de res, com si totes les activitats que normalment em fan il·lusió haguessin perdut tot d'una el sentit. També hi deu fer que el meu amor és lluny d'aquí i el trobo a faltar...

Aquesta vida bohèmia comença a pesar-me. Viure en una habitació de dimensions reduïdes, amb la roba arrugada perquè l'he de guardar a la maleta —no tinc armari!—, i sense un espai agradable per llegir, sense poder rebre amics... ja no és emocionant, ara és terriblement incòmode.

Ja sé que la teva vida tampoc no és massa fàcil ni divertida però, noia, què vols, tu has renunciat a tot per un amor excepcional, que molt poques persones poden viure. I és un amor que, amb els anys, en lloc d'anar-se aprimant, creix i creix. És un autèntic miracle.

Vaig escriure això d'aquí dalt fa deu dies, però encara no havia tancat la carta i la puc acabar des de Friburg. Ja estic instal·lada. L'habitació és quadrada i lluminosa, amb una estufa de ceràmica encesa, un sofà-llit ple de coixins de colors, una llibreria, un armari, una mena de calaixera, un «secretaire» de fusta massissa, una tauleta i dues butaques entapissades de flors, una dotzena de quadres horribles pintats per la propietària de la casa, tres pintures més que són reproduccions dels impressionistes, una fotografia d'una dona que podria ser la muller d'un pastor protestant però que, segons sembla, és la mare de la propietària, un rellotge de paret, un llum amb una pantalla que algun dia va ser blanca, amb uns volants de roba, i jo, perduda en aquest mar d'objectes kitsch i veient-me obligada a apartar una butaca o a moure la taula si vull moure'm. Hi ha una finestra plena de testos per on entra una mica de sol tebi, de pa sucat amb oli.

Aquesta habitació pertany a una casa de tres plantes, al centre de Friburg, als peus de la Selva Negra —un bosc d'avets on pots passejar la mirada fins a perdre la vista. La ciutat és molt habitable, amb jardins plens de tulipes, una catedral gòtica que fa caure de cul, fonts i llacs artificials, casetes de planta baixa amb teulats inclinats de dos vessants, cortines blanques a les finestres i senyores grasses que fan pastissos. Així és l'entorn on visc i on em barallo cada dia amb aquesta llengua endimoniada que parlen.

Els meus dies aquí comencen amb una dutxa d'aigua gelada, que resisteixo entre renecs, intentant convence'm que deu ser sa o que, almenys, és més higiènic que no fer-ho. A primera hora faig classe d'alemany i després me'n vaig a l'Institut Arqueològic. Acostumo a dinar en un restaurant de menú amb una anglesa, un suec i un alemany.

Ja està, ja saps quina vida hi faig, aquí. Estic bé, no pateixis. I vosaltres? Què fan els teus dos sols, la petita joia i el menut destorb? Omple'ls de petons de part meva, eh? I també n'hi pots fer un al teu atractiu marit...

Una abraçada ben llarga per a tu.

Elisa.

Barcelona, 27 de novembre de 1956

Carta (ben estranya) de l'Elisa.

Friburg, novembre de 1956

Estimada Valèria, tot això d'Hongria ha estat un cop molt dur. Jo quasi m'havia convertit al comunisme. Quan va passar allò de Polònia semblava que s'havien adonat que la fase de revolució s'havia esgotat i que ara posarien en pràctica les seves conquestes socials. El fet de deixar llibertat als polonesos per elegir els seus governants semblava una prova palpable... I quan va començar això d'Hongria, jo al començament estava amb ells, em semblava lògic que volguessin defensar la seva ideologia. Deixar que Hongria es governés sola era perdre-la.

Però no és just matar tot un poble per imposar-li una idea, encara que aquesta idea sigui sagrada. S'han equivocat. En lloc del govern de classe han imposat el govern de partit. La política sobre l'economia, el partit sobre la classe. El marxisme ha mort.

Uf, perdona'm aquesta pallissa. Tot això et deu importar un rave, però era important per mi.

I es pot saber a què vénen les teves preguntes sobre el matrimoni? Precisament a mi? Naturalment que no trobo malament deixar el marit per un gran amor, però no trobo bé lliurar-se a la primera aventura agradable. Què et passa? Hi estàs rumiant? T'has enamorat d'algú? Tens un amant? No trobo que siguin recomanables les relliscades fora del matrimoni, però sí que penso que si succeeixen, s'han de perdonar si el matrimoni s'ho val.

No sé per què em fas dir tot això a mi que no estic casada. Et noto neguitosa. Valèria: Et pensaves de veritat que series sempre feliç? T'has casat amb l'home que volies, tens dos fills preciosos, tot et va relativament bé. Ja deus saber que absolutament bé és impossible, oi?

Ja sé que les nostres petites tristeses poden fer-nos patir, però mai desesperar-nos tant com passar una guerra, perdre la casa o veure morir algú que estimes. Deu ser que les persones som capaces, en les situacions dramàtiques, de crear-nos petites alegries i en la vida plàcida, podem crear tristeses on no n'hi hauria d'haver.

Aquí ens tens, a tu i a mi: tu amoïnada per la felicitat de la teva família i jo amoïnada per la revolució hongaresa. Però tot anirà bé mentre en puguem parlar, no trobes?

Un petó per a tu, un per a en Quim, un per a la Neus i un per a en Guillem. Em deixareu sense!

Ja veus que de vegades l'Elisa també s'ho passava malament... però en general jo l'envejava. La veia créixer i avançar i ser més sàvia mentre jo em quedava allà on sempre havia estat. I ja no sabia si aquell era exactament el lloc on volia estar.

Per no sentir-me aturada, llegia molt, constantment. No em cansava de llegir i d'estudiar. Com ara. Ahir la meva cunyada va venir i em va trobar amb el nas enfonsat en un llibre sobre les marques d'àmfora. No va dir res, però li vaig llegir el pensament: té càncer i està d'humor per estudiar? Segur que és el que diu la gent: quin humor que té, encara!, sense reparar en la crueltat que amaga la frase. Els malalts, fins i tot els condemnats, no tenim dret a «tenir humor»?

Hem de viure sense ganes de res, sense riure mai, en un racó fosc?

Estudio perquè he estudiat tota la vida. Els llibres m'han salvat de la rutina, de la inactivitat, de la frustració. M'he passejat pels llibres perquè no podia viatjar a països llunyans a veure piràmides, ni submergir-me al Mediterrani per buscar-hi vaixells enfonsats, ni excavar a ple sol per veure si hi ha sort de trobar un bocí d'àmfora.

Vaig buscar refugi als llibres en els dies més tristos, en les nits més llargues, en els anys del dolor. Llegia i llegia i encara que sovint ho feia plorant i eixugant-me les llàgrimes amb ràbia, passant el palmell de la mà per les galtes massa de pressa, en acabar, quan tancava el llibre, em sentia com ingràvida, deslliurada d'aquella opressió al pit que m'impedia respirar.

Ahir, en lloc d'«estudiar» el llibre del meu vell col·lega Emili Farrés, *De la vinya a l'àmfora*, que m'acabaven de regalar, vaig concedir-me el plaer de llegir poesia. Susan Griffin, americana. La coneixes? Em vaig entrebancar amb uns versos que deien:

Què diria la nostra mare?
On és la nostra mare?

Jo també em vaig preguntar on és la meva mare. M'ho pregunto sovint, més que mai. Serà veritat, al cap i a la fi, el tòpic que només la mare ens pot consolar quan patim?

Per què la trobo tant a faltar, si sé que jo sempre havia tingut una debilitat confessa pel meu pare, si mai vaig tenir amb la meva mare cap lligam més profund que el de l'afecte més tendre, si ella i jo vam acabar vivint en planetes diferents, ella sempre més a prop del meu germà que de mi...? Era l'època que jo sentia la meva mare com un pes mort penjat a l'esquena, sempre a punt per censurar-me, per frenar-me, per demanar explicacions. I vaig adoptar una actitud de fredor rígida, per protegir-me d'aquell lligam que jo sabia que era per sempre. Per més que em molestés la seva mirada, amorosa però avaluadora, sabia que no podia deixar d'estimar-la, i això em posava nerviosa. Suposo que és habitual que l'amor maternal acabi ofegant. Els meus fills també m'han sentit com un pes feixuc a l'esquena en algun moment. Fins i tot en Guillem, amb qui sempre m'ha unit un llaç de vellut, més suau que amb cap de les seves germanes.

Quan el meu fill va ingressar en una zona on jo no podia arribar, quan es va ensorrar el pont per on jo caminava cap a ell, de primer, la sorpresa em va glaçar les paraules a la boca. On era el nostre antic diàleg? Després, a poc a poc, vam aprendre a conviure en el silenci. Però jo m'estava tornant petita, ho notava. No pas amb laments, no pas amb llàgrimes, però li demanava amor. N'hi suplicava. Però aleshores ell ja era massa dur per donar-me'n, i la lluita interna li feia mal. Ell em feria amb les paraules, però també m'adreçava les mirades més tendres i penedides. Mirades d'amor. Va ser una llarga travessa del desert, aspra i resseca, la de la seva adolescència tardana i les seves passejades per terrenys poc estables. Les nits plenes d'alcohol i no sé quines drogues, quan el seu pare i jo havíem de sortir de casa al matí i ell encara no havia tornat. Al migdia, el trobava adormit al seu llit, vestit i empudegat de fum. I quan finalment aconseguia que es llevés, no tenia forces per mantenir-li aquella mirada, que sempre havia estat neta i llisa, i ara s'enterbolia com el mar hores abans d'una tempesta.

Ho reconec, el seu distanciament em dolia més que cap altre, i l'enyorava dolorosament, i m'enfurismava quan en Quim em deia que tot acabaria passant, que les noies també havien passat per aquesta etapa, que n'estava massa pendent.

Però tenia raó. I la calma va arribar amb l'amor, com tantes vegades. En Guillem va conèixer la Cloe, amb un caràcter serè que feia pensar en les suaus ondulacions de verdor que arriben fins al mar a la seva Bretanya natal.

I en Guillem va tornar. Va tornar la seva mirada riallera i el seu afectuós optimisme. Però just quan el sentia més a prop, jo li vaig fallar. I encara no sé si durant la seva nit més fosca el meu fill es va preguntar, com al poema de Susan Griffin: on és la meva mare?

Va pensar on és la meva mare, va pensar que jo no era allà on havia de ser, que li havia fet falta? I quan ho penso, quan entro en aquesta espiral boja de pensaments negatius, no hi hauria res al món que em pogués asserenar. Tot i que per fora continuo impassible, amb la meva imatge de senyora gran i gairebé elegant però moribunda, això sí, per dins m'estic encenent, trontollo com si un terratrèmol tingués l'epicentre al meu ventre.

Fa molts anys que va morir la meva mare i ara l'enyoro dolorosament, tendrament, com una filla.

Capítol 10

GUILLEM

Vaig anar a trobar en Guillem Danés a les oficines d'El Recer, l'empresa que va crear amb els seus pares i que ara governa amb l'ajuda de la seva dona. El Recer es dedica fonamentalment a la rehabilitació de masies, cases rústegues i altra mena de locals, amb una especial atenció per a la restauració dels elements antics i el manteniment de l'estètica pròpia de l'Empordà.

En Guillem organitza tot el que es refereix a localització, compra i rehabilitació de masos i cases de poble, mentre que el negoci de compra-venda i restauració d'antiguitats, que de fet és el nucli a partir del qual en Quim Danés va començar-ho tot, el porta ara personalment la seva nora, la Cloe. Fins fa ben poc, la Valèria els ajudava considerablement en l'apartat comptable, però des que va caure malalta, treballa amb ells un jove administratiu.

A les oficines d'El Recer tot és bonic. El local —antigament dedicat a la salaó d'anxoves— conserva les bigues catalanes al sostre i el mobiliari està format per peces antigues restaurades —una taula de caoba amb ales, una calaixera amb marqueteria de boix, un rellotge de paret isabelí— i hi ha flors fresques a tots els racons. En Guillem i la Cloe són una parella cordial i hospitalària.

En aquests moments, aquesta dona d'ulls ametllats s'ofereix, amb el seu seductor català afrancesat, a tancar El Recer i quedar-se amb la petita Kwei-lan per proporcionar-nos, al seu marit i a mi, una estona propícia per a la xerrada. En Guillem i jo ens acostem fins al passeig i la conversa ens acompanya el caminar lent fins a la punta.

Així que vols que et parli de la mare, eh? Per començar et diré que m'agrada el seu nom. M'agrada dir-lo: Valèria Isern. També m'agrada la seva veu, que reconec encara que la senti barrejada amb altres veus, o des de lluny, fins i tot quan la tramuntana la deforma. M'agrada recordar-la quan era jove i sempre duia una criatura enganxada a les cames, o quan estava amb el pare i es miraven d'aquella manera que a mi em semblava que només entenia jo. Però també m'agrada ara, vella i tot, malalta i tot, espantada i tot.

M'agrada poder-li fer companyia i saber que la meva sola presència la consola. M'agrada veure-li venir el somriure al rostre quan entro a la saleta i sap que l'abraçaré.

Deus pensar que soc el fill més emmarat que has vist mai. I potser sí que ho sóc. Les meves germanes ho diuen. La meva dona m'ho diu. Però no crec pas que me'n facin retret. La mare i jo ens entenem bé, ens agrada estar junts i això no fa mal a ningú. A nosaltres dos ens abriga, ens conforta, ens alleugereix, i ens hi deixem anar com dos nens aviciats que allarguen un bany de mar a l'agost o una tassa de xocolata desfeta després d'un xàfec.

Sempre ens hem relacionat amb comoditat, de la manera més natural possible, com si no haguéssim modificat el vincle de la mare amb l'infant. I és com un miracle haver-lo restablert.

He vist com les meves germanes anaven transformant la seva relació amb la mare a mesura que es feien adultes. De vegades l'evolució es produïa gradualment i sense traumes, però sovint hi havia rectificacions de rumb massa brusques, o alteracions violentes. Actualment potser la Neus hi té una confiança més plena que no pas jo, potser la Martina hi estableix un lligam que jo no arribo ni a imaginar, potser la Max en depèn més intensament que jo. Però cap de les meves germanes va estar a punt de perdre-la del tot. Jo sí. Me n'allunyava jo, però era jo qui la perdia a ella. Difícil d'explicar.

—Què va passar?

Van ser uns anys que jo vivia envoltat de massa soroll per escoltar què em deia i el nostre lligam està basat en una comunicació fàcil i directa. Si no ens comuniquem, la relació es trenca, millor dit, es dilueix fins a desaparèixer, i et puc assegurar que això va estar a punt de succeir.

Vaig ser un adolescent ple d'energia i de curiositat, prototípic: em volia menjar el món però sense mastegar-lo i la digestió prometia ser terrible. Viure a la Costa Brava no sempre representa tenir una vida plàcida... ja m'entens. Els estius, el turisme, la nit, massa estímuls per a una ànima inquieta i fàcil de temptar com jo. Als vint anys ho volia tastar tot.

Els pares van reaccionar d'una manera comprensible però jo crec que desproporcionada. Quan vaig començar a suspendre-ho tot al batxillerat es van esverar de seguida i van començar un setge incessant que a mi m'asfixiava. Volien tenir-me vigilat, evitar que m'allunyés dels amics de sempre, garantir la meva continuïtat en els estudis i, sobretot, impedir-me l'accés a un món a la vegada fosc i enlluernador que ells tenien a prop però que no coneixien.

Amb la seva pressió a dues bandes no van aconseguir cap dels seus objectius: vaig deixar l'institut, vaig apartar-me dels meus amics de la infància —els seus pares coneixien els meus i el control era evident—, i vaig introduir-me als ambients nocturns i plens d'experiències temptadores per mi, de perills certs pels pares.

Vaig estar perdut ben bé dos anys i mig. I sé que van ser dos anys i mig de maltractaments amb ella i amb el meu pare. I amb mi més que amb ningú. Amb el meu pare ens barallàvem amb crits i paraules gruixudes, cops de porta. Amb la mare no. Simplement vaig deixar de parlar-hi i ella va quedar paralitzada i no va saber trobar cap altre camí per arribar fins a mi.

Crec que estaven a punt de cedir, em sembla, a punt de deixar anar la corda que jo tibava i tibava... però llavors vaig conèixer la Cloe. Estic segur que la mare la va estimar de seguida per pur agraïment. Li atribueix unes virtuts gairebé miraculoses, que si una paciència infinita, que si una saviesa innata, que si mà esquerra. Jo sempre li dic que és molt més senzill, i sense voler treure-li mèrits a la meva dona: simplement me'n vaig enamorar, el meu primer amor de veritat, i ella hauria pogut fer de mi el que hagués volgut.

Afortunadament, el que va voler la Cloe va ser recuperar-me per a una vida completa, fora d'aquell circuit infernal de l'evasió nocturna, i que aquesta vida completa la compartís amb ella. No va ser fàcil, pensa que no estic parlant només d'alcohol i tabac...

La Cloe només tenia vint anys, però el dolor l'havia fet créixer de pressa. Era una supervivent, estava sola i m'estimava. Volia fer-me sortir del quarto fosc, veure'm amb llum de dia i va començar a guiar-me. A poc a poc, fins a trobar la sortida.

Jo em deixava conduir per aquells llavis que amorosien els meus, aspres de tanta set, i per la seva mirada, que era com un matí clar i assolellat després de dies de tramuntana, i pel seu cadenciós accent francès, que semblava ordenar el meu desordre. I no hi ha ningù més tenaç que la Cloe.

Després, un cop fora del laberint, vaig reconstruir amb facilitat la relació amb els pares i amb les meves germanes, i va venir la idea de crear El Recer, l'entusiasme compartit amb el pare, l'arrencada del negoci, el daltabaix de la seva mort just quan tot començava a anar bé...

—Però te n'has sortit...

No té cap mèrit comptant amb la Cloe i amb la mare, que em guien com si encara fos un nen petit. T'asseguro que jo només m'he deixat portar i he recordat els somnis del jove Quim Danés, quan als anys quaranta i cinquanta anava a les masies abandonades i hi remenava per trobar-hi trastos vells que ningú no volia, i imaginava aquelles andròmines restaurades i polides, i ningú no se'l creia ni hi veia cap futur.

I sí, ens n'hem sortit i amb un cert èxit. I ara ha arribat la Kwei-lan i ja tinc tot el que volia. La Cloe i jo feia molts anys que l'esperàvem. Fa molts anys que volíem tenir una criatura. I ara és aquí i és perfecta.

—Perdona la indiscreció, però... per què vau decidir adoptar?

La Cloe es va quedar embarassada fa cinc anys. Estàvem eufòrics amb l'arribada d'aquell nen. Més ben dit: jo estava content, ella... incrèdula. M'ho deia a les nits: no em puc creure que es produeixi aquest miracle, un fill, és com si se'm donés la possibilitat de recuperar la meva família, com si, en certa manera, ressuscités una mica la meva mare, els meus avis. Però quan ja estava de set mesos, el nen es va morir. Es va morir a la panxa de la Cloe, i encara no sabem per què. El vam haver de fer néixer: quina paradoxa, no? Néixer i morir a la vegada.

Quan el metge m'ho va dir no vaig pensar en aquella criatura perduda, ni en mi, només sabia que no seria capaç de dir-l'hi a la Cloe. Pensava que ella no podria suportar més dolor. Un altre cop no. No m'hi veia amb cor.

Vaig trucar a la mare perquè m'ajudés. En realitat volia que fos ella qui s'enfrontés a la tristesa inabastable de la meva dona. Però no hi era, no hi va poder ser, aquella nit. Mai no l'he trobada a faltar tant. L'endemà va venir i no es va separar ni un instant de la Cloe en les setmanes següents. No sé si la mare sobreviurà al càncer. No sé si jo sobreviuré a la seva absència. M'estimo més no pensar-hi i fer el que sempre he fet, anar-la a veure cada dia, abraçar-la, estimar-la.

Capítol 11

He tornat a l'oncòleg. Visita de rutina, en diuen. Potser sí que aquesta és la rutina de la meva vida, com si fos un joc de l'oca, anar passant caselles fins que toca tornar a cal metge, que et dóna alè per a unes quantes caselles més, fins a la pròxima revisió... i d'oca en oca, fins que em toqui caure a la casella de la mort i, ja està, has quedat fora de la partida.

L'estona que em costa més de passar és la de la sala d'espera. Estem tots allà asseguts, i ens observem dissimuladament. Intento saber qui està malalt i qui té la sort de venir només d'acompanyant. En alguns casos és fàcil: n'hi ha alguns que porten la malaltia escrita a la cara —color trencat, ulls tristos, fatiga—, d'altres, en canvi, gràcies a la joventut o al maquillatge, aconsegueixen encobrir el sofriment. Ells, els altres, m'observen a mi amb la mateixa curiositat: volen saber si estic malalta, si sóc del grup dels que ja estem marcats amb una creu.

La majoria portem radiografies o sobres amb analítiques. La majoria ens veiem sotmesos a la conversa esforçadament intranscendent del nostre acompanyant. La majoria acabem agafant una revista, no pas per llegir-la, no podríem, sinó per fer-la servir de paravent, de pantalla, com a protecció de les mirades dels altres.

El temps passa amb una lentitud enervant. Miro detingudament les litografies de la paret fins a aprendre-me-les de memòria. La Neus m'ofereix un caramel, em comenta que el ficus que hi ha al racó de la sala està preciós, que ella no aconsegueix que les plantes de casa tinguin aquest verd tan lluent. Li dic, per tranquil·litzar-la, que probablement el ficus de la consulta és artificial, que per això té aquest color tan llampant i tan viu. Una falsa vitalitat.

Tinc por. Miro el rellotge i només han passat deu minuts. Tinc por d'escoltar que m'esperen sofriments i dolors de tota mena. Morir, i ho dic de veritat, no m'espanta gens ni mica. Estic convençuda que només em queden per viure algunes engrunes, les escorrialles de la meva vida, i acceptaré serenament d'estalviar-m'ho. He deixat enrere les gratificacions de l'amor —l'espiritual i el sexual—, el treball —físic i intel·lectual—, i he sobreviscut, així que em sento prou valenta per perdre el que em queda: dir adéu als meus fills, demanar-los que s'estimin, dir adéu als néts, i desaparèixer. Però em fa por el sofriment, ja ho he dit i, encara més potser, l'angoixa que el meu sofriment provocarà als nois. Ho encaixaran, és clar, quin remei, cadascun a la seva manera: la Neus fugint del dolor, fabricant paraules tranquil·litzadores que la consolen més a ella que a mi; en Guillem deixant que el consolin l'escalfor de les llàgrimes, la comprensió de la Cloe, els petons de la petita Kwei-lan; la Martina negant-se rotundament a acceptar la derrota, rebutjant la malaltia, el sofriment, la mort. Vol que visqui i m'obliga a lluitar. I la Màxima, amb la seva mirada infinitament trista, resignada, com un plany.

I jo: serena amb la Neus, afectuosa amb en Guillem, valenta amb la Martina, dolça amb la Max.

Després de sentir aquestes paraules arribo a casa i busco en els diaris de la Valèria el rastre d'aquests fills que estima tant i tan bé. Com eren aquells nens?

Barcelona, 17 de gener de 1957

Cada dia que passa m'organitzo una mica millor amb els dos nens i les feines de casa, de manera que començo a tenir temps de llegir amb atenció el diari i amb devoció els exemplars de la revista *Ampurias* que edita la Diputació. Ja he parlat amb en Quim d'intentar trobar una feina que em faci sentir útil, encara que els diners que guanyi els hagi d'invertir a pagar una senyora que cuidi en Guillem les hores que jo treballo. No voldria incorporar-me fins al mes de setembre perquè aleshores la Neus ja començarà a anar a col·legi i tot serà més fàcil.

No sé si en Quim hi està del tot d'acord. És a dir, ell ni tan sols vol opinar, diu que ho he de decidir jo... però jo voldria que ell em comprengués absolutament i trobés tan imprescindible com jo mateixa la meva tornada al món dels vius. A mi em fa la impressió que amb aquesta vida que tinc ara, tan pobra, ni tan sols puc resultar-li atractiva. M'estic apagant, esllanguint, aviat no tindré res a veure amb la Valèria de la qual es va enamorar. Quan l'hi dic, m'omple de petons i em diu que m'estima més que abans, «cada dia una miqueta més», diu.

Barcelona, 24 de febrer de 1957

He enviat cartes de presentació a tots els Museus de Barcelona, a la Diputació i a l'Ajuntament. Els pares no ho veuen gens clar, això que jo treballi amb els nens tan petits.

Tinc la sensació d'estar una mica sola en aquesta batalla. Si no fos per les cartes de l'Elisa...

En Guillem és una preciositat, de veritat, té unes faccions molt dolces, com els àngels de les pintures barroques, amb el cap ple de rínxols i les cuixes plenes de sacsons.

La Neus xerra pels descosits i fa morir de riure. És una nena molt espavilada, que ho entén tot a la primera. També és extremament sensible i afectuosa. No he pogut tenir més sort.

Barcelona, 6 de maig de 1957

Carta de l'Elisa:

Bonn, maig de 1957

Estimada Valèria, la vida en aquest país ple d'alemanys és mortalment avorrida. Tot és tan net i ordenat, tan racional, ple de normes que tothom respecta, sense ni un alè de fantasia. Després d'haver viscut a Roma, i fins i tot a la trista Barcelona dels nostres anys universitaris, les ciutats alemanyes són d'un ensopiment total.

Quan els alemanys volen ser transgressors i estripar, saps què fan? Beuen i beuen, res més. Bé, també encenen espelmes en lloc de fer servir el llum elèctric. Ja veus. Aquesta és la seva idea d'alterar l'ordre.

Els meus dies estan plens d'arqueologia a dojo: ceràmica romana i escultura grega; escultura grega i ceràmica romana. La veritat és que el Museu de Bonn em paga un sou que no està gens malament. No estic descontenta: em trobo bé, potser massa bé... sense cap inquietud, cosa que sempre és perillosa i amb un camp d'interessos massa limitat (l'arqueologia).

Llegeixo poquíssim —literatura, s'entén, arqueologia fins a la indigestió.

Fa molts dies que no rebo carta teva, no? Escriu-me aviat, no em facis patir pensant que pots estar enfadada o desesperada.

T'envio un article que va sortir a la premsa alemanya parlant de la meva humil persona. El periodista que el va escriure es va enamorar apassionadament de mi. Volia casar-se i tenir fills! M'imagines casada amb un alemany? De seguida el vaig convèncer que això seria un fracàs rotund... ni tan sols vull quedar-me a viure a Alemanya. En realitat, no vull fixar la meva residència enlloc, encara. Tinc trenta-un anys... hauria de començar a saber què vull fer amb la meva vida, no? De moment, m'enganyo pensant que si vaig d'un lloc a l'altre aconseguiré fugir de mi mateixa. Vull viatjar, aprendre, treballar, conèixer gent interessant, vull tot el que pugui distreure'm d'estar sola amb mi mateixa i de pensar en la inutilitat de tot plegat.

Adéu, Valèria, escriu-me, que és molt dur estar tan lluny de tu.

Elisa.

Barcelona, 14 de setembre de 1957

Sí, sí, sí! He rebut una carta del Museu Arqueològic: podré anar-hi tres cops per setmana per ajudar a organitzar la biblioteca i l'arxiu. El sou és de per riure, però M'ÉS IGUAL.

Estic eufòrica, desitjant que arribi el primer d'octubre per incorporar-me. En Quim, un encant: «Si tu estàs contenta, jo estic content». La meva mare em repeteix contínuament la sort que tinc de tenir un marit que em deixi treballar.

Em compraré un vestit-jaqueta discret però elegant, i un

parell de faldilles que combinaré amb les bruses que em fa la mare. Suposo que tancada allà dins de l'arxiu, no em veurà ningú, però vull fer goig... encara que sigui per a mi mateixa i per creure'm que faig alguna cosa important.

Estic emocionada i neguitosa, i amoïnada per trobar la persona ideal que cuidi en Guillem i que jo me'n pugui anar a treballar tranquil·la (i enyorada).

De moment li he demanat a la veïna de dalt que l'hi pregunti a la seva mare. És una dona molt trempada, encara jovenassa, i estic segura que estarà contenta de poder guanyar quatre calés per una feina tan agradable. Espero que em digui que sí.

Barcelona, 2 d'octubre de 1957

Ahir va ser el meu primer dia. Vaig passar tants nervis que a mig matí vaig vomitar i tot. Imagina't, el meu primer dia de feina al Museu i jo tancada al lavabo traient l'esmorzar.

No havia dormit gens i entre tot plegat feia una cara que estic segura que el director, quan em vaig anar a presentar, devia pensar que havia contractat una moribunda.

Per acabar d'adobar-ho, estrenava un conjunt de color rosa pàl·lid, que encara em devia fer semblar més esvaïda.

A l'arxiu, treballo a les ordres d'una bibliotecària ja granadeta, molt ordenada però crec que sense massa coneixements ni d'història, ni d'arqueologia... Es limita a fer una fitxa de cada llibre, amb el títol, l'autor i l'editorial, i quan ha d'arxivar un document diferent ja s'atabala. L'he trobada una mica seca, però crec que era una reacció defensiva davant d'una noia més jove i amb un entusiasme que li deu haver semblat excessiu i fora de lloc.

Una cosa que vull fer constar en aquest diari però que no penso reconèixer davant de ningú, ni d'en Quim, és que malgrat que deixar la Neus a l'escola i en Guillem a casa amb la senyora Llúcia em va costar Déu i ajuda, i que vaig baixar les escales plorant com una tòtila... el fet és que dalt de l'autobús, ja concentrada en les paraules que havia de dir en arribar al Museu, el cap ple de cabòries, no vaig tornar a pensar en els nens fins al moment que vaig mirar el rellotge, quatre hores després, i era l'hora de plegar.

No és que no vulgui dir-ho a en Quim per por que s'enfadi, més aviat penso que li costaria de creure. Jo, que he viscut pendent, gairebé obsessionada pels nens aquests últims quatre anys... tot d'una puc passar tot un matí sense pensar-hi? Tinc una certa sensació de desdoblament, com si la Valèria-mare i la Valèria-treballadora fossin dues germanes bessones, idèntiques, però que no són la mateixa persona. Suposo que és una cosa dels primers dies i que més endavant podré fer compatibles les dues personalitats. Ho espero, perquè aquesta esquizofrènia sentimental és difícil de portar.

Barcelona, 16 de novembre de 1957

Fa sis dies que tinc mal de cap. A dins no em queden llàgrimes ni cap resta d'aliment a dins del cos. Vomito dues o tres vegades al dia. Tinc els ulls vermells i inflats, el front em crema, em passo el matí al llit i, tot i que a la nit no he dormit seguit ni una hora, estic desvetllada i el temps no acaba de passar mai.

En Quim, pobret, se'n va a treballar i em deixa amb aquella mirada amoïnada, compassiva, que passeja lentament pel meu cos adolorit. A la tauleta de nit m'hi deixa un got d'aigua, tres galetes maries, un mocador xop de colònia per refrescar-me el front. El sento donar instruccions a la senyora Llúcia que no em molestin, que em deixin dormir... si pogués!

Estic embarassada de dues faltes. Adéu feina, adéu Museu Arqueològic, adéu arqueologia.

Barcelona, 22 de desembre de 1957

Escric sentint de fons a la ràdio la cantarella dels nens de la loteria. Tinc les maletes fetes: marxem aquest vespre a l'Escala per passar-hi les festes. Ja em trobo millor, i sobretot, ja no ploro tant. Em sento encara tan culpable davant d'aquesta criatura que duc a la panxa...

Al Museu van ser molt comprensius i el director va dir-me que quan m'hi tornés a veure amb cor que hi anés a demanar feina, que segurament no hi hauria cap inconvenient perquè jo pogués tornar-hi... Però no hi confio: tres criatures donen massa feina per poder treballar fora de casa. Sóc conscient que les meves aspiracions professionals s'han acabat amb aquest embaràs. Estic desanimada, però tinc l'esperança que quan em posin el nadó damunt del pit, i li vegi els ullets i els llavis, i les galtones...

L'Escala, 26 de desembre de 1957
Sant Esteve

Ahir va ser un dia molt especial. Els pares i en Quim s'havien proposat fer-me sortir de la tristesa i havien preparat la festa amb tanta il·lusió i delicadesa, que els estaré agraïda molt de temps per aquesta demostració d'amor.

El dinar va ser esplèndid, la taula feia un goig que enamorava. La Consol va vestir els nens tots conjuntats, els meus dos i el seu Albert, i feien morir de riure.

Em van regalar un llibre preciós de veritat, de tapa dura, amb unes il·lustracions precioses, que es titula *Historia y ar-*

queología de las civilizaciones africanas. No puc esperar a arribar a casa per començar a mirar-lo amb deteniment.

Barcelona, 2 de maig de 1958

Ha arribat el bon temps. La ciutat fa olor de net i em passo el dia passejant per tots els racons amb el cotxet i la nena ben agafada de la mà. A les nits, en Quim i jo tornem a estimar-nos com abans, amb una apassionada tendresa que em pensava que ja havíem perdut. «Ara et deixes fer petons de diumenge cada dia, eh?», em diu ell, fotent-se de les meves antigues pors.

Ahir vam celebrar el Dia de la Madre. La veritat és que nosaltres no hi havíem ni pensat, però la Neus ens va sorprendre acabats de despertar, encara al llit, dient-me un vers com a regal. L'hi havien ensenyat a l'escola i diu així (en castellà, evidentment...):

A mi mamá *(reverència)*

Mamita preciosa,
Mi dulce embeleso
Deja que en tu cara
Deposite un beso.
Deja que me ponga
Sobre tu regazo,
Deja que te estreche
Con un tierno abrazo.
La Virgen me tenga
Cerquita de ti,
Sin tu fiel amparo
¿qué fuera de mi?
Te quiero, mamita,

Te quiero y te quiero,
Con cariño hondo,
Con amor sincero.

En Quimet s'ha girat d'esquena perquè se li escapava el riure, però a mi m'ha emocionat que la criatura hagi estat capaç d'aprendre's de memòria aquest poema tan llarg, i en castellà! Penso que la seva mestra està més dotada de paciència que de bon gust poètic.

L'Escala, 24 de juny de 1958

Tenim una altra nena! I no em puc imaginar com serà aquesta criatura en el futur: ha nascut a l'Empordà, en una nit de tramuntana i mentre la gent encenia fogueres a la platja per celebrar el solstici d'estiu.

El part es va precipitar (l'esperàvem per al començament de juliol). Els plans eren passar Sant Joan a l'Escala i deixar els dos nens amb els avis per estar més tranquils quan vingués la criatura, ja tornats a Barcelona. Però aquesta nena ha decidit desbaratar-ho tot: ha nascut quan ha volgut i on ha volgut. I també ha triat ser una nena, perquè en Quim i jo, no em diguis per què, estàvem convençut que seria un altre nen. S'havia de dir Martí —Martí d'Empúries, deia el seu pare fent broma—. Bé, tenim aquí una nena ploranera i preciosa, nascuda entre la xiuladissa i els espetecs dels petards, i que no té nom.

L'Escala, 16 d'octubre de 1958

L'àvia Valèria va suggerir que li poséssim Martina («Només s'hi ha d'afegir una A», deia amb el seu esperit pràctic i estalviador). Primer ens va sonar molt estrany, però ens hi vam acostumar a força de repetir-lo i ens va acabar agradant. Ara el trobo molt encertat per a aquesta filla meva, rebel i tossuda. Un nom original per a una criatura amb personalitat.

La petita Martina no dorm mai seguit a les nits, no vol menjar quan toca, rebot la cullera plena de papilla contra la taula, pica de mans i de peus.

Estic cansada i trobo a faltar en Quim. Ja no parlem, ja no fem l'amor, ja no llegim en veu alta poesies d'en Salvat Papasseit. Si en saps el plaer no estalviïs el bes...

Els únics que no estalvien besos són la Neus i en Guillem, que amb les seves veus balsàmiques i les seves abraçades maldestres em consolen de totes les tristors.

He rebut carta de l'Elisa, amb novetats.

Bolonya, octubre de 1958

Estimada Valèria, vull imaginar que estàs tranquil·lament asseguda a casa teva, que la petita Martina ja no plora tant, que el teu marit i tu seguiu estimant-vos tendrament, en fi, que ets al Paradís i per això t'has oblidat de mi. Estic segura que si hi hagués algun motiu excepcional pel qual no hagis pogut escriure ho sabria, així que continuem com si no hagués passat res amb la nostra imprescindible (per mi, almenys) correspondència.

S'ha acabat la beca alemanya i ara sóc a Bolonya, «enviada» pel *Diario de Barcelona* per escriure articles sobre la Itàlia monumental. Què et sembla? Estàs amb la boca oberta? Ja saps que les influències de casa meva poden arribar a tot arreu. Vaig dir a la meva mare que estava farta dels alemanys i que m'agradaria conèixer bé Itàlia i... dit i fet! He decidit començar pel nord i per això he triat Bolonya, que és una ciutat que em va seduir a l'estiu, quan hi vaig passar uns dies de vacances. M'estaré en aquest país fins que em cansi dels italians, que no són cap meravella, més aviat frívols i superficials, però molt més divertits i creatius que els alemanys, és clar.

A més, l'arquitectura, la pintura, l'escultura i el seu passat no és comparable a cap altre lloc d'Europa.

Aquests dies em pots escriure a casa de la família Bonetti, que m'han llogat una habitació. Penso buscar un apartament asolellat per instal·lar-m'hi tan aviat com sigui possible. Seràs la primera de saber-ne l'adreça.

Mentrestant escriu-me i explica'm coses de la teva ja enorme família.

Petons per tots,

Elisa.

Barcelona, 25 d'octubre de 1958

Dijous passat vam enterrar l'àvia Valèria. Nostre Senyor l'ha premiada amb una mort plàcida —mentre dormia—, sense patiments per a ella ni per als altres. La mort que tots voldríem. En Quim em preguntava si em dolia no haver-li dit adéu, però ja li he dit que de cap manera. Jo, a l'àvia, l'he estimada amb una tendresa i una constància que no em deixa cap càrrec de consciència. M'agrada que hagi marxat sense avisar, sense comiats dramàtics ni grans escarafalls. Tal com era.

Hem passat el cap de setmana a Albons amb la família Danés. Són una gent boníssima, especialment la meva cunyada Núria, la germana petita d'en Quim. Hem estat xerrant una bona estona mentre la meva sogra entretenia els nens i m'ha comentat com li costa a la seva mare estar lluny dels néts. Li he confessat que jo, a Barcelona, em trobava molt sola i que m'enyorava terriblement. «I per què no torneu?», ha dit ella. I tot d'una, ha estat com si s'obrissin unes portes i entrés la tramuntana a batzegades.

És clar. Per què no tornem? La feina d'en Quim no és gran cosa, s'hi avorreix i el sou és discret. Jo, amb tanta criatura, ja he donat per perduda l'oportunitat de treballar, i estudiar tant ho puc fer aquí com allà.

Només de pensar en la possibilitat de tornar a l'Escala, a la nostra caseta lluminosa, a estar a prop dels pares i del meu germà... He decidit que en parlaré amb en Quimet tan aviat com pugui.

En tornar a casa he trobat una carta de l'Elisa esperant-me.

Estimada Valèria: ja tinc apartament! És una preciositat, petit i nou de trinca, amb un bany decorat en verd pàl·lid, una cuina amb molta llum i un balcó quadradet que fa la mar d'efecte. Està moblat i no puc dir que amb gaire bon gust, però jo me l'aniré fent meu. Té dos llitets que posaré fent angle i canviaré les flassades de color marró per unes de flors ben vistoses.

L'armari no té remei, és molt lleig, però la taula i les cadires són discretes. Penso comprar alguns gravats per omplir les parets i una estora d'espart que he vist per poc més de 500 lires. Tinc calefacció i telèfon. M'agradaria que el veiessis. Podries venir a veure'm. És clar que no podria alimentar-te, perquè amb tanta compra m'he quedat sense ni un ral.

He conegut un noi xilè, un autèntic savi en la Roma antiga. L'altre dia vam estar sopant en una taverna i em va presentar un enginyer milanès, que quan va saber que no havia estat mai a Milà em va convidar a anar-hi un cap de setmana i, de passada, treure entrades per la Scala. Seria fabulós, no?

De moment el que sí que faré és anar a passar uns dies a Florència amb aquell amic francès que té cotxe, per poder escriure l'article per al *Diario de Barcelona*.

Ja veus que tinc molts amics, però d'amor en majúscules, res de res. De moment estic bé així. I tu? Ets feliç? A estones, oi? Com tothom, estimada. Com tothom. Petons per a tota la teva patuleia.

Elisa.

L'Escala, 2 de setembre de 1963

Fa gairebé dos anys que no escrivia el diari. Han passat moltes coses i avui, dia de Santa Màxima, he començat un quadern nou que vaig comprar ahir a la tarda a Torroella. És una llibreta d'espiral amb la tapa de cartró dur i lluent de color blau turquesa. A la part inferior, al centre, hi ha un espai blanc que vol semblar una etiqueta d'aquelles que enganxàvem damunt dels quaderns quan jo estudiava. Hi he escrit amb tinta vermella «1963».

No som a l'Escala per passar-hi la festa major. No hem de tornar a Barcelona quan comenci l'escola. Tornem a viure aquí!

Vam fer el trasllat al començament d'estiu i tornem a estar instal·lats a casa nostra, una mica més encongits i amuntegats que al gran pis de Sarrià, però immensament feliços. Aquest any, quan la claror de les tardes comenci a daurar-se i agafi tons de tardor, serem aquí. I entrat l'octubre, quan la tramuntana bufi de valent i la pell de les galtes ens quedi gelada, serem aquí. I per Nadal, quan a les cases s'hi vegin les llumetes dels avets darrere dels vidres, serem aquí! I rebrem el bon temps sense moure'ns de casa, i anirem a fer el vermut a casa els pares cada diumenge, i la mare haurà preparat els crostonets amb anxoves que va confitar l'any passat.

Vénen temps d'estretors econòmiques, això ja ho sabem, però hi estem disposats. La família ens ajuda tant com pot: la mare ens convida a dinar sovint, el cunyat d'en Quim li ha aconseguit feina de cambrer al restaurant d'un cosí seu. Tot i que és una feina molt pesada, ell està més content que mai, eufòric: diu que treballar en un restaurant li permetrà conèixer el món del turisme. Està convençut que és el negoci del futur, que cada vegada vindran més estrangers —déu n'hi do, ja, dels que hi ha hagut aquest estiu!— i que tot plegat farà possible el seu vell somni. Encara pensa a buscar masos deixats perdre, i restaurar-los, i diu que els francesos ens els trauran de les mans. Ho diu amb tanta seguretat que jo me'l crec (però em sembla que sóc l'única): que els estrangers es tornaran bojos per passar l'estiu en una masia catalana de pedra, amb el terra de tova vermella i les bigues al sostre, amb la seva calaixera i el seu balancí... no ho sé pas.

La Neus ja té deu anys i és la que més va protestar pel canvi d'escola. A la de Barcelona ja hi tenia bones amigues. Però aquest estiu s'ha passat el dia al carrer i a la platja, amb els seus cosins i els fills dels veïns, i em sembla que ja no es recorda de la ciutat ni de les amigues que no tornarà a veure.

En Guillem va fer set anys a l'abril i està fet un homenet. És un escalenc de cap a peus, que només és feliç a la platja, deixant-se rebolcar per les onades, o recollint petxines, o pescant amb el seu oncle.

I la petita Martina... creix sense que ens n'adonem. És una nena eixerida i forta, que s'entreté tota sola sense reclamar la nostra atenció com feien els seus germans. Pràcticament no ha estat mai malalta i té la pell moreneta i els ulls molt especials, d'un blau quasi gris.

Estem tan contents que tornem a estimar-nos com solíem, gairebé cada nit. En Quim diu que el nostre retrobament sexual quedarà escapçat si finalment comprem, com jo li demano, un televisor. Aquí a l'Escala hi ha algunes famílies que en tenen i a mi em pica la curiositat. De moment, però, no tenim cap possibilitat d'aconseguir-ne un amb la nostra economia depauperada...

L'Escala, 26 de novembre de 1963

Ja fa un mes que «treballo». Ho escric així, entre cometes, perquè no es pot dir que es tracti veritablement d'una feina. L'Ajuntament vol editar uns fullets per als turistes, que donin una informació senzilla però documentada de les ruïnes d'Empúries i del passat grecoromà de la zona. M'han demanat que ho escrigui, i m'ho pagaran. Poc, però m'ho pagaran.

No hi ha diners que es puguin comparar a la felicitat que aquesta feina m'ha proporcionat.

Li he dit a en Quim que podríem comprar la tele amb els diners que guanyi... la notícia de l'assassinat del president Kennedy m'ha trasbalsat de valent i crec que tenir un aparell de televisió a casa, a banda d'entretenir-nos, també ens ajudaria a rebre informació del món exterior.

Quan l'hi dic m'ho nega rotundament. Diu que l'única tele que en Franco ens deixarà veure no ens aportarà res de bo... i ha afegit que encara no pot entendre com pot ser que matin un home bo com en Kennedy i que hi hagi tants dictadors a qui no els passi res!

A mi, la que m'informa del món exterior és l'Elisa, com sempre.

Les seves dues últimes cartes, ara des de Brussel·les:

Brussel·les, novembre de 1963

Valèria, Valèria, Valèria! Estic enamorada. Molt enamorada. Terriblement enamorada. Però abans de començar a dir-te totes les coses que sé que no t'agradaran, deixa'm que et doni les gràcies per la fotografia que em vas enviar. Tens uns fills realment preciosos. Feu una estampa magnífica tots cinc, una família que fa goig. El teu Quimet cada dia està més atractiu, eh? Vaig ensenyant la foto a tothom qui conec. T'imagines? Fent d'autèntica tieta. Tothom troba que els teus fills són molt macos, tothom sense excepció. I això que els europeus, en general, tenen molta més debilitat pels gats que per les criatures...

També estic aprenent a cuinar, així que entre una cosa i una altra m'estic convertint en una autèntica «amita de su hogar». Ha, ha. Per cert, no m'havies dit que cuinar pot ser divertit.

Què? Ja em deus estar insultant, oi? Vols que et parli del meu amor? Va, som-hi.

Es diu Pablo. És xilè. I és comunista. I està casat. Ja està dit. I m'agrada molt, tant, que crec que podré superar la meva educació repressora, tants anys de conservadorisme a la meva família i els disgustos de les meves amigues catòliques...

He llegit *El Jarama* i m'ha agradat, sense entusiasme. És clar que el vaig començar havent acabat *La peste*, de Camus, i era difícil que m'agradés tant, perquè és una obra mestra. I la Sagan, l'has llegit? Una mica tova, però no està malament del tot.

Potser aniré a casa aquest Nadal. Ens podrem veure? Confio que aleshores ja t'hauràs oblidat del pecat que he comès i no em renyaràs. Oi que no? Valèria, que ja sóc grandeta...

Elisa.

Brussel·les, desembre de 1963

Estimada Valèria, tu dius que no em renyes, però la teva última carta s'assembla molt a un sermó de les Teresianes. Com et deus imaginar, ja sé que tenir un «affaire» amb un home casat pot fer-me patir. He assumit el risc. El meu amor xilè és un home sincer que des del primer dia em va deixar clar que quan s'acabés la seva estada a Europa tornaria a casa seva, amb la seva dona i el seu fill. Potser aleshores m'hauràs d'eixugar les llàgrimes. Però ara, t'ho suplico, deixa'm compartir amb tu aquesta felicitat que em fa dibuixar un somriure permanent!

Hem estat a la Costa Blava, un recorregut en cotxe per carreteres arran de mar, cantant peces del cançoner xilè, omplint-nos els ulls de paisatges incomparables. Hem passejat per la Promenade des Anglais de Niça, hem anat al casino de Montecarlo! T'ho pots creure? Vaig jugar a la ruleta... i vaig guanyar! He intentat convèncer en Pablo que això del capitalisme no resultarà finalment tan dolent... és broma, és clar. No hi ha res més injust que mig món visqui amb tota mena de luxes mentre ciutats senceres d'obrers viuen una vida petita i desolada. Però veure com viuen els rics està bé per uns dies. I ara tornem a la vella Brussel·les. Pobra Brussel·les, tan grisa, tan ennuvolada, tan burocràtica.

I que fantàstic, l'amor!

Elisa.

L'Escala, 7 de gener de 1964

Els Reis ens han portat la tele! Ara mateix acaben d'instal·lar-la i sembla que funciona. Ens hi hem quedat embadalits tots al davant una bona estona. És divertit tenir «gent nova» a casa. Els nanos estan engrescadíssims i la meva mare ha vingut a casa només per veure-la una estona.

A mi em fa gràcia, és cert, però m'he deixat convèncer pels arguments d'en Quim i m'amoïna aquesta intromissió. Trobarem temps per a la lectura, per a la feina, per al joc, per a la conversa, per als nostres escassos silencis?

Els fills de la Valèria m'adverteixen que la salut de la seva mare es va deteriorant més ràpidament del que podria semblar pel seu aspecte. Em demano si volen que desaparegui i la deixi passar tranquil·la els últims mesos, potser setmanes, de vida. Però abans que pugui formular el dubte en veu alta, en Guillem em pregunta si puc visitar-la més sovint perquè hi hagi temps de parlar de tot. Em sorprèn un cop més que cap d'ells se senti veritablement molest per la meva entrada inesperada i barroera en la seva intimitat familiar.

És veritat que no em trobo gaire bé... les últimes setmanes tinc un mal als ossos que no em deixa viure. És per això que m'han fet una gammagrafia, per descartar la temuda metàstasi. Demà em fan una ecografia i l'analítica de cada mes.

L'espera per saber de quin mal he de morir, i mai millor dit, em fa estar neguitosa. Aquest matí, amb la Neus, ens hem dedicat a ordenar armaris per fer passar els nervis. Mentre traiem la roba i la posem damunt del llit, a la meva filla se li escapa el riure: «Mare, no sé pas què estem fent! Són els armaris més ben ordenats que he vist mai!». I jo penso, però m'estic de dir-li, que no té cap mèrit. No es tracta pas que jo sigui una maniàtica de l'ordre, però és que no hi ha ningú que els desordeni. Faig servir un parell de jocs de llençols, quatre o cinc tovalloles, i per vestir-me poca cosa, darrerament. No vaig gairebé enlloc.

No vull deixar-me arrossegar per la tristesa, així que li dic a la Neus que col·locarem la roba —que és neta, està ben plegada i fa olor— per colors, que així farà més bonic.

Els jerseis en dues piles, segons la gamma cromàtica dels blaus, una, i dels colors terrosos, l'altra. A la dreta, blau cel, blau d'acer, blau marí. A la dreta, beix, ocre, torrat, xocolata.

Quan faig el mateix amb les bruses penjades hi ha més varietat de colors. Agafo un jersei d'angora de color verd pàl·lid i me l'acosto a la galta. Sempre l'he trobat tan dolç al tacte...! I abriga molt, li comento a la Neus. I aleshores penso que tot just som al començament d'octubre i que potser quan arribi el fred d'hivern ja no hi seré. I tot d'una em reca molt no poder tornar-me a posar el jersei verd d'angorina. I la jaqueta de color d'avellana, que m'estava tan bé. I la gavardina? Potser trigarà a ploure... I els mocadors per al coll, les joies, les bosses de pell, la llenceria. Per un moment tinc temptacions de traduir els pensaments en veu alta i suggerir-li a la meva filla —amb el meu de vegades macabre sentit de l'humor— que organitzem una tómbola al porxo de casa, com aquelles que fan a les pel·lícules americanes quan volen buidar les golfes d'andròmines. Fa una mica de ràbia saber que les nostres coses son més duradores que nosaltres mateixos.

Com els diaris que escrivia, per exemple, que s'han conservat gairebé intactes, els fulls una mica esgrogueïts. Quin quadern llegeixes, ara? A quin any som?

L'Escala, abril del 64

Ahir va ser Diumenge de Rams. Vam anar a missa tots d'*estreno*. Els nens se'ls mirava tothom... i no m'estranya. Jo havia comprat per Nadal una peça de roba amb la idea de fer una americana per a en Quimet —llaneta fina, molt suau de tacte, de color gris amb una ratlleta blau marí—, però mai no trobava el moment de portar-la a la modista. Una tarda li vaig ensenyar a la mare i em va preguntar per què no me'n feia jo una faldilla. «Quedarà ben original, feta amb aquesta roba tan masculina», va dir. I això em va encendre la llumeta: la farem servir per als nens.

Així que la mare va fer dues faldilletes ben curtes, una per a la Neus i una per a la Martina i un pantaló curt per a en Guillem. Vaig tenir la sort de trobar tres polos de color blau cel per combinar-hi. La Neus duia una cua de cavall i la Martina dues cuetes, totes dues amb la palma que els havien regalat els avis Danés, i en Guillem un palmó alt com un Sant Pau, que brandava d'un costat a l'altre com si fos una espasa, atemorint les seves germanes. Estaven molt graciosos. Jo vaig estrenar un vestit de color maduixa cenyit a cintura que m'estava força bé. En Quimet no va parar de dir-me coses.

A la sortida de la parròquia, mentre nosaltres saludàvem no sé qui, en Guillem i la Martina es van barallar de valent. El noi és un corcó i no para de fer enrabiar la petita... però la Martina té molt mal geni. És tossuda i orgullosa i no vol cedir mai. Si té una mica de sort pot aconseguir tot el que es proposi, però si les coses se li torcen, no sé pas com ho resoldrem...

En Guillem, en canvi, té un caràcter entremaliat i juganer. Només vol divertir-se i riure, però és poc constant. Necessita distraccions contínuament...

La Neus és una nena molt assenyada. En Quim em recrimina perquè diu que és massa joveneta per cuidar-se dels seus germans, però és ella qui ho proposa, qui n'assumeix la responsabilitat sense que l'hi demanem.

Sempre està disposada a ajudar, a vigilar, a recollir. Com a compensació només vol, això sí, una atenció especial de part del seu pare quan arriba el vespre. La Neus ha anat conquerint determinats drets a poc a poc, discretament i amb una constància admirable. Abans de sopar, mentre s'acaba de fer la verdura i jo enllesteixo els banys dels petits, ella fa seure el seu pare a la butaca i s'hi asseu a la falda. Miren la tele i ella recolza el cap a l'espatlla d'en Quim. De vegades ell li acarona els cabells, o la mà que li ha quedat descansant damunt la cuixa. La tendra escena paternofilial dura fins que els dos petits entren corrent al menjador i es llencen damunt del seu pare per petonejar-lo o reclamar-li l'atenció de mil maneres diferents.

L'Escala, juny del 1964

Fa un mes de juny tan càlid que a les nits dormim amb la finestra oberta. Ahir hi havia lluna plena i en Quim em va demanar que em tragués la camisa de dormir per contemplar-me nua, damunt dels llençols, amb aquella llum tan blanca. Mentre ell seia als peus del llit, fent-me manyagues amb la mirada, jo celebrava que els anys m'hagin portat, per fi!, una certa tranquil·litat d'esperit que em permet viure la sexualitat amb plenitud i sense l'amargor dels remordiments. Que lluny que queden aquells petons de diumenge!

L'Escala, agost del 64

Escric amb la música dels Beatles de fons. Mira que m'arriben a agradar. Escolto una cançó i penso: «Aquesta és la que més m'agrada». I després la següent i dic: «No, no, aquesta!». I així totes.

Aquí a la Costa Brava els nois —els estrangers, però també alguns del país— comencen a portar els serrells llargs com aquests nois anglesos. És una moda poc afavoridora, però suposo que ens hi acostumarem...

En Guillem em té amoïnada. Ha tingut unes febrades terribles i el doctor Vila diu que té pus a les amígdales. Evidentment, no vol menjar res. I com que té molta tos, a les nits no dorm. Està prim i pàl·lid. No sembla ell.

Tunísia, octubre de 1964

Estimadíssima Valèria, ja veus des d'on t'escric. Tunísia. Àfrica. On millor per oblidar la tristesa que em provoca haver perdut el meu amor xilè? Ell va marxar um dimarts, i l'endemà m'oferien la possibilitat de participar en unes excavacions a les ruïnes de Cartago. No vaig haver de rumiar-ho, com et pots imaginar. L'equip està dirigit per un eminent arqueòleg romà i sembla que hi ha pressupost per fer un bon treball. Per cert, que el doctor Agazzini, quan em va conèixer i va saber que em dic Elisa, va anunciar que ell em diria Dido, com Elisa-Dido, reina de Cartago. Has vist? Reps cartes de la mateixa Reina de Cartago!

Confio plenament en la màgia d'aquest país i l'interès apassionat que em desperta la seva història per poder mirar endavant amb una mica d'optimisme. L'adéu del Pablo va ser massa dolorós. I ja sé que estava avisada i que tu també em vas advertir que aquest amor em faria patir, però oi que seràs tan amable de no recordar-m'ho?

Val més que omplis les teves cartes amb les teves descripcions de l'ambient de la Costa Brava als estius, que em fan riure tant, o amb les anècdotes dels teus fills, tan graciosos, o amb les teves embafadores declaracions d'amor cap al teu espòs que em fan tornar verda d'enveja.

Aquesta revifada del vostre amor em fa pensar en la possibilitat que acabeu ampliant aquesta fantàstica família que heu format. És possible?

Cuida'ls molt a tots, que ja sé que ho fas i que encara et queda temps per omplir fullets explicatius sobre el passat grecoromà del teu estimat Empordà. Com t'ho fas? Ets una autèntica força de la naturalesa, Valèria Isern!

Elisa.

L'Escala, 1 de gener de 1965

Acabo de llegir una novel·la que m'ha trasbalsat. Es diu *La Plaça del Diamant*, de l'escriptora barcelonina Mercè Rodoreda. Me la va regalar en Quim per Nadal. Quina meravella. Quin plaer llegir en català!

N'he comprat una i li he enviat a l'Elisa. Tants anys descobrint-me autors d'arreu del món, aquesta vegada seré jo qui li descobrirà una autora de primera línia. Estic segura que aquesta Rodoreda està destinada a ser un gran nom de la nostra literatura.

La novel·la de la *Colometa* ha acabat d'arrodonir un Nadal feliç. El dia 25 vam poder reunir a casa les famílies Danés i Isern, i érem dinou! En Quim va haver de demanar uns cavallets al restaurant i les meves cunyades em van ajudar a cuinar. Els nens s'ho van passar tan bé que al vespre semblava que haguessin begut xampany.

Aquella nit, després d'haver-nos estimat a consciència, en Quim i jo vam estar xerrant al llit fins ben entrada la matinada de l'encert que va ser tornar a viure aquí. En Quimet em va explicar els seus projectes, que pensa i repensa mentre serveix taules als francesos i als alemanys.

El turisme creix cada estiu i ara fins i tot tenim visitants fora de temporada. La fesomia de tots els pobles de costa està canviant de valent i diuen que a les ciutats importants, com ara Figueres, també es comença a notar. Diu en Quim que aviat no reconeixerem la «nostra» Escala. I a nosaltres? Qui ens reconeix, a nosaltres?

23 de gener de 1965

Fa dotze dies que m'hauria d'haver vingut la regla. Pot ser...?

12 de febrer

Estic embarassada!

Tunis, març de 1965

Valèria, enhorabona! Aquesta criatura tancarà el cercle de la vostra felicitat, ja ho veuràs. No facis cas de la teva cunyada i dels seus comentaris perversos. Ni ets massa gran, ni quatre fills és massa, ni sou uns inconscients.

Jo sí que ho sóc, si ho vols saber. No endevinaries amb qui tinc una aventura africana? Amb el mateix Doctor Agazzini, el director de les excavacions! No n'estic enamorada, només l'admiro profundament i el trobo extremament divertit, amb el seu aire de savi despistat. Jo sóc la seva petita Dido mentre duri l'estada a Cartago, després, tan amics.

Passem unes vetllades molt romàntiques passejant per la medina i parlant de literatura, d'història de l'art, de política. De vegades, quan el doctor em recita Dante Alighieri amb la veu ronca i el seu accent romà, gairebé em sembla que l'estimo.

Naturalment sé que no es tracta d'amor. Ara, vist amb una mica de distància, penso que tampoc no vaig estimar en Pablo. Crec que encara no he conegut l'amor i no sé si tinc gaires ganes de fer-ho. Estic bé així. Sóc força feliç. Necessito una vida divertida, interessant, sempre diferent, i estic començant a pensar que això és força incompatible amb l'amor, i per descomptat, amb la família.

No et pensis que vull dir amb això que considero que la teva vida, amb amor, amb família, sigui avorrida o menys atractiva. Hi ha dies, Valèria, que t'envejo molt sincerament. I sempre, sempre, et trobo a faltar.

T'abraço tantíssim.

Elisa.

L'Escala, agost de 1965

Fa una calor inclement. La meva panxa és com un transatlàntic que no em deixa maniobrar per la casa. La Martina té mal d'orella. En Guillem i la Neus es barallen contínuament. En Quim no hi és mai.

Reso cada dia perquè el meu estat d'ànim millori abans del part. No vull rebre el meu quart fill —ni tan sols n'hem decidit el nom— amb aquesta cara de pomes agres.

L'Escala, 5 de setembre de 1965

La meva quarta filla va decidir néixer el 2 de setembre, Dia de la Patrona de l'Escala, Santa Màxima. Ha triat el seu nom.

Com que era petitona i respirava amb certa dificultat, els metges van decidir que es quedés a la incubadora uns dies. Quan he entrat a casa sense la nena m'ha vingut una tristor enorme. En Quim ha sortit un moment i m'ha portat dues vares de nard, una de blanca i una de rosada. Han perfumat tota la casa.

L'Escala, 26 de desembre de 1965

La petita Màxima és el nadó més pacífic que he vist mai. Ahir va passar tot el dia a la cabassa, repartint somriures i petits sons guturals a tota la família i suportant estoicament els pessics i les pessigolles dels seus germans.

Avui el dia s'ha llevat gris i plujós i en Quim s'ha endut els tres grans a casa dels seus pares per deixar-me endreçar la casa en pau. La pica és plena de plats bruts, s'ha d'escombrar el menjador i la saleta, i he de planxar... i què faig? Em poso a escriure i m'aturo de tant en tant per contemplar la nena que dorm al bressol. Té un perfil arrodonit i unes pestanyes llarguíssimes que de tant en tant li tremolen, com si sospirés. És petita i rodona com una de les gotes que rellisquen pel vidre del balcó. Igual de silenciosa.

Em truca la Martina Danés per dir-me que han ingressat la seva mare a l'hospital de Girona. Sembla que pot tractar-se només d'una simple gastroenteritis, però amb els pessimistes resultats de les últimes proves, qualsevol petita cosa els espanta.

Vaig a visitar-la carregat amb una colla de tulipes grogues. Pensava quedar-m'hi poca estona, però la Valèria insisteix que li faci companyia. Els fills fan gestos d'assentiment.

Mira, diu que em deixen sortir una estona al passadís, a estirar les cames. Acompanya'm. No, posa't a l'altra banda, que aquí hi duc l'arbre d'acer. Em puc repenjar una mica al teu braç, oi que sí? Som-hi.

Hem de caminar arrambats al costat dret perquè, veus?, a l'esquerra hi ha les plantes i les flors dels malalts. Les treuen al passadís perquè no els prenguin l'oxigen. He, he! A mi ja no em ve d'aquí, i m'agrada passejar la mirada pels rams que m'han regalat, del llit estant. Les teves tulipes són precioses.

És una de les poques coses bones que m'ha portat la malaltia: em tornen a regalar flors. No me'n regalaven tantes des que vaig tenir les criatures.

En Quim no es va repetir mai. Amb la Neus, gladiols vermells, amb en Guillem, roses blanques, amb la Martina una orquídia viva, amb la Màxima, dues vares de nard. Podem descansar una mica? Mira quines margarides més fresques...

Capítol 12

MÀXIMA

El dia que havia quedat amb la Màxima vam haver de suspendre la cita perquè tenia migranya. Sol coincidir amb la tramuntana, em va dir. L'endemà, sense vent, amb un cel que semblava mentida de tan blau, ens vam trobar per fer un cafè i vaig detectar el rastre del dolor als seus ulls de color de sorra.

I què vols que t'expliqui, exactament?

Cap dels seus germans havia mostrat una actitud defensiva, però ella sí. Malgrat la seva aparença extremament discreta, malgrat els seus gestos suaus, malgrat el seu to de veu, educat, gairebé dolç, la petita dels Danés estava tensa i desconfiava de mi.

—Com et trobes? Ja estàs millor?

Sí, gràcies. L'endemà d'un atac de migranya tinc el cos com una platja acabada la tempesta, però ja no tinc mal de cap, i amb això n'hi ha prou. Mira, si el que vols és que et parli de la meva mare, puc començar per aquí, per aquesta fantàstica herència: la migranya. Encara la recordo quan érem petits, suplicant silenci amb aquells ulls enfonsats i amagant-se a la seva habitació. Jo sempre pensava que es moriria, feia cara de morir-se. El pare ens enviava a jugar a fora al carrer i es quedava amb la Neus, que l'ajudava. Quan tornàvem a entrar, al cap d'un parell d'hores, la casa estava a les fosques i en silenci, les persianes abaixades, el pare i la Neus xiuxiuejant. I jo pensava: ja està, la mare ja és morta. Una vegada, quan es va morir l'avi d'una amiga meva, vaig anar a casa seva i era així: tenebres i murmuris.

Però l'endemà la mare es llevava i es trobava bé. Tenia la pell grisosa, i els ulls enfonsats, però somreia. Ens abraçava a tots i assegurava que ja no tenia mal de cap. I tot tornava a la normalitat: en Guillem ficant-se amb mi a tota hora, jo tornant-m'hi amb puntades de peu o pessigades, ell estirant-me els cabells i jo plorant.

I així fins que un vespre, mentre sopàvem, se sentia picar algun porticó de la casa. El pare s'aixecava i anava a tancar finestres. «Sembla que farà tramuntana», deia, i la mare feia que sí amb el cap, com dient que ella ja ho sabia de feia estona perquè li havia començat el mal de cap. Odio la maleïda tramuntana. Ja sé que és molt pròpia del país, i que diuen que il·lumina els talents creadors i que ho neteja tot, el cel i els esperits. Però jo l'odio. També propicia els suïcidis dels depressius, si vas a mirar.

De petita odiava aquest vent que feia emmalaltir la mare i l'allunyava de mi. A mi ja em semblava que jo tenia poca mare, que me'n tocava poca, per dir-ho així. L'havia de repartir amb massa gent, només em faltava la tramuntana.

I després, més endavant, quan els meus germans ja eren grans i l'hauria pogut tenir més per a mi, va passar allò del pare. Tot d'una el pare no hi era i la mare era com si no hi fos. Les primeres setmanes, la mare plorava, tothom plorava. Jo també, però jo plorava perquè sabia que la mare ja no podria estar per mi, i això em feia sentir mesquina, terriblement egoista. De vegades encara em sento així.

Potser és que vaig arribar massa tard, quan la família ja estava feta i ningú no m'esperava. Potser per això no tenien cap nom pensat i va haver de ser la casualitat del dia del naixement que em donés el nom.

Potser en Guillem esperava un germà i per això em va escurçar el nom, masculinitzant-lo. Ara tothom em diu Max. I m'hi he acostumat, però de petita em feia enrabiar molt.

En Guillem sempre em feia enrabiar. Hem estat anys barallant-nos contínuament, i ara, en canvi, ens avenim molt. Ja ho deus haver comprovat: en Guillem és tan simpàtic, tan *charmant*, que és impossible no avenir-s'hi. Amb les meves germanes hi ha més distància d'anys i jo les admiro massa per tenir-hi una relació íntima. La Neus és tan eficient, ha fet les coses tan bé, tot el que s'esperava d'ella. I la Martina té una personalitat tan extravagant, sap posar un toc únic en tot el que fa, com vesteix, les coses que diu.

—La teva mare diu que tu ets la més sensible.

...la més fleuma, la més vulnerable, la més desprotegida. I en canvi, el que més recordo de quan era petita és que sempre em vigilava algú. I la veu de la mare: Hi ha algú amb la Max? Qui vigila la nena? I els meus germans fent cara d'estar-ne farts, passant-se la germana petita de l'un a l'altra com si fes un pes mort, una andròmina, una rèmora molesta. «Jo ja hi he jugat una estona, ara et toca a tu». «Però jo ahir me la vaig haver d'endur a la platja, avui te la quedes tu».

La sensació de fer nosa m'ha acompanyat sempre. De fet, com ara mateix. Per què t'ho explico tot això? Segur que deus tenir coses més interessants a fer. Sembla que et vulgui fer pena... Em sembla que ho podem deixar aquí, oi? Ja t'he parlat de la mare. Ja tens el que volies.

Capítol 13

Després de la conversa amb la filla petita de la Valèria Isern, aquesta dona que es nega a admetre la seva bellesa, busco la petita Màxima en els diaris grocs i blaus del final de la dècada dels seixanta.

Albons, juliol del 66

M'he instal·lat a Albons amb la mainada i els meus sogres. En Quim va i ve perquè, com és lògic, treballarà tot l'estiu. Cada temporada vénen més turistes que l'anterior. Aquest any potser han obert deu o dotze restaurants i bars nous. Fan apartaments a dos o tres punts de la costa. Com diu el meu pare amb gran recança: aviat no reconeixerem el poble on hem nascut.

Els meus fills, en canvi, hi veuen totes les gràcies al fenomen del turisme. Troben que l'Escala es transforma en un lloc molt més divertit i atractiu, on sempre passen coses, amb més botigues, amb aquesta barreja d'idiomes al carrer, amb les noies estrangeres lluint el cos a la platja. La Neus em diu que és com si a l'hivern visquéssim en un poble petit i a l'estiu en una gran ciutat. No és ben bé això, però la diferència és evident. Només que a mi, l'Escala d'hivern em sembla més nostra.

Sigui com sigui, a Can Poc Oli hi estem molt més tranquils i molt més còmodes, sobretot pel jardí, que em permet passar les tardes sense haver de sortir obligatòriament perquè els nens poden esbravar-se i entretenir-se. Juguen a fet i a amagar, s'enfilen al nesprer, fan farinetes o salten a corda.

Mentrestant jo poso una flassada damunt l'herba, l'omplo de ninotets i peces de fusta i hi instal·lo la Màxima. És un àngel, no protesta mai mentre em tingui a prop. La nena s'entreté jugant i xerrotejant mentre jo llegeixo un novel·lot d'aquells que em recomana l'Elisa asseguda a la gandula. Cap al tard, quan el sol comença a cedir, tanco el llibre, el deixo damunt la falda i contemplo el cel, el perfil del Montgrí, em deixo amanyagar per l'aire fresc del vespre. Vénen els nens perquè ja tenen gana, o perquè un s'ha fet mal, o perquè ja no saben a què jugar. La Martina i en Guillem es barallen per seure a la meva falda, la Neus comença a explicar-me com han anat els jocs de la tarda amb tota mena de detalls. I llavors, cada dia, sense fallar mai, la petita Màxima, que havia passat les hores sense fer un soroll, tot d'una, es posa a plorar. Deixa anar un plor agut que primer m'espantava de valent, sempre em pensava que l'havia picat un tàbac o que s'havia empassat alguna cosa... però no li passa res, només es rebel·la contra la intromissió dels seus germans al nostre plàcid univers. Xiscla, es congestiona i li cauen unes llàgrimes com gotes de pluja.

Em trec els grans del damunt, m'aixeco, l'agafo a coll, però ja no hi ha res a fer, plora i plora fins que es queda abaltida, a punt del son, de pur cansament. Entro cap a casa, li faig beure un biberó de llet i la poso al llit.

Després d'aquesta escena tan familiar i quotidiana, els diaris de la Valèria comencen a limitar-se a anotacions breus referides a la salut dels nens (G. i M. amb xarampió; N. amb febre i tos; Max ha vomitat tres vegades) o bé amb incidències domèstiques diverses (moble menjador nou; pintem pis; hem comprat un cotxe; en Quim m'ha regalat un abric de llana, etc.).

De tant en tant hi ha una carta de l'Elisa enganxada al full de la llibreta amb un clip.

París, desembre de 1966

Ja ho veus, Valèria, torno a estar instal·lada a París, la ciutat on va començar la meva llibertat, el punt de partida d'aquest periple que m'ha portat a conèixer països i persones tan diverses. Tinc la intenció (però no et puc prometre res), de quedar-me a París una bona temporada. Estic una mica cansada d'anar d'un lloc a l'altre, m'agradaria tenir una casa que senti com a meva. Ja ho saps, comencem a fer-nos grans (el mes que ve en faig trenta-nou!) i per tant, conservadors.

Aquest Nadal el passaré a Barcelona, a casa de la meva mare, que m'hi ha insistit molt. Fins i tot ha gosat fer-me xantatge, deixant caure que no es troba gaire bé i que vés a saber si li queden gaires Nadals.

La veritat és que a mi em fa il·lusió veure-la i veure els meus germans i els seus fills, i submergir-me per uns dies en aquest ambient familiar. Però ja sé què passarà i segur que no m'equivoco: sortiré al carrer buscant senyals de modernitat a Barcelona, petites escletxes per on hagi penetrat l'aire lliure i cosmopolita de París, o de Milà o de Londres. Però Barcelona serà tan grisa i provinciana com sempre, i ningú no ho dirà en veu alta, i a casa meva les converses giraran entorn de les pel·lícules de la Marisol o de les novel·les de la Mercedes Salisachs. (Per cert, he llegit dues escriptores espanyoles que m'han interessat molt: Carmen Martín Gaite i Ana Maria Matute, no te les perdis! I sí, finalment he llegit Rodoreda i m'ha entusiasmat tant com a tu).

Sé que més enllà de l'entorn burgès i conservador de la meva família, hi ha gent que lluita contra el règim de Franco. Sé que a Barcelona hi ha gent que es reuneix i que es mou, sobretot a l'òrbita comunista. Però jo no conec ningú, estic totalment desvinculada, i només veig la Barcelona que vaig voler deixar quan vaig acabar la carrera perquè m'ofegava. Com si res no hagués canviat.

Però per sort, l'endemà de Reis me'n tornaré a París i recuperaré aquesta vida que m'he fet a mida, bona o dolenta, però meva. Sé que seria molt difícil per tu escapar-te a Barcelona en plenes festes de Nadal... tant com per mi fugir de casa els meus pares per venir-te a veure («per quatre dies que et tenim aquí....!», etc). Què hi farem. Sempre ens quedarà París (si vols venir a veure'm). O ens quedaran les cartes.

Sempre teva,

Elisa.

París, maig de 1967

Estimada Valèria, he rebut la carta amb les notes i els dibuixos dels teus fills. Els escriuré una petita carta a cadascun. Però abans que res deixa'm que et digui una cosa: la teva cunyada és una imbècil, no puc entendre com el teu germà, que és tan llest, tan divertit, pot continuar suportant-la. No li facis cas de res del que et digui, només vol impedir que siguis feliç perquè és d'aquella mena de persones que la felicitat dels altres els molesta. Oi que em faràs cas?

I parlant de felicitat, crec que hauries de saber que he conegut una persona que està col·laborant eficaçment a fer-me una mica més feliç. No t'esveris i continua llegint amb calma, fes el favor.

Aquesta persona —que és un home, si vols que et desvetlli el secret— es diu Jim i és americà, de Nova York. Viu a París des de fa vuit mesos i no crec que s'hi vulgui quedar gaire més temps, així que no et facis il·lusions (prou que em costa no fer-me-les jo soleta). És pintor. Sí, un artista, i molt bo, per cert. Té quaranta-cinc anys i, encara que sembli increïble, és solter i no té fills. És, per tant, un home lliure, si no tens en compte que pertany a una família nombrosíssima (nou germans i no sé quantíssims nebots, i una mare que ell jura que no és pesada).

M'agrada. M'agrada prou com per no voler perdre'l de vista. El mateix dia que ens vam conèixer em va proposar que me'n vagi amb ell a NY quan sigui el moment. Em tempta, per la ciutat i per ell. Ja veurem.

Escriu-me aviat, que des que et publiquen articles a les revistes d'arqueologia que em tens una mica oblidada. L'article sobre la Víctor Català i les ruïnes d'Empúries és realment brillant. Enhorabona.

Elisa.

París, desembre de 1967

Valèria, estimada, com estàs? Em temo que he de demanar-te disculpes per no haver-te escrit abans. No sé què em passa, els dies se'm fan curts i no tinc temps per res... que no sigui estimar el meu americà a París. Aquest Nadal anirem a Nova York (però amb bitllet de tornada). Vol que conegui la ciutat, que conegui la seva família, vol que li digui que a la primavera, quan ell marxi definitivament, l'acompanyaré i viurem junts a un apartament a prop de Central Park. Em faig la dura, li dic que no ho veig gens clar, però la veritat és que ja sé que ho faré. Per quina estranya raó hauria de quedar-me aquí si ell no hi és???

I parlant d'amor, m'he quedat de pedra quan he llegit que la Neus està enamorada. Per Déu! Quants anys té? Tretze? Tens una filla de tretze anys?!? He plorat de riure amb la teva descripció del seu posat romàntic a lo Margarita Gautier. I què en penses del noiet en qüestió? Tu sempre has estat molt exigent, mai no t'ha agradat cap dels meus amors. Vés-te preparant, però, perquè en Jim t'agradarà molt. És una ordre.

Digues-li a la meva petita Neus que la seva «tieta» Elisa també està enamorada i que la comprèn perfectament. Serà possible? No em pensava que això em pogués passar a mi. Ja ho veus: si ara et trasplantessin el meu cor, no hi notaries gaire la diferència amb el teu, és ple d'amor a vessar!

T'escriuré tornant dels Estats Units. Petons per tots. Elisa.

Just en aquest punt m'aturo en sentir les rialles de la Valèria. Aixeco el cap i la veig com encara no l'havia vista mai: els ulls brillants, el gest relaxat i juvenil. S'agafa les costelles perquè el riure li deu fer mal però, veient-li l'expressió, estic convençut que en realitat li fa molt de bé.

Què passa?, li pregunto.

Ai... espera, espera que recuperi l'alè. És que... tu no te n'has ni adonat, però a veure, torna a repetir les últimes frases de la carta...

A veure: «No em pensava que això em pogués passar a mi. Ja ho veus: si ara et trasplantessin el meu cor, no hi notaries gaire la diferència amb el teu, és ple d'amor a vessar! T'escriuré tornant dels Estats Units. Petons per tots. Elisa.»

I et deus haver pensat que això del cor era un recurs poètic que l'Elisa —en el seu moment d'enamorament total— havia escrit perquè sí, oi? No saps què havia passat, aquell mes de desembre de 1967? El doctor Barnard va fer saber al món que havia realitzat el primer trasplantament de cor de la història. No et pots imaginar de cap manera l'impacte que aquella notícia va provocar. Estàvem tots trasbalsats de pensar que el cor, allà on guardàvem els sentiments, era en realitat un òrgan com els altres. Un òrgan vital del qual depèn la nostra vida, però que pot passar d'una persona a una altra i continuar funcionant. No sabíem si trasplantant el cor trasplantàvem també els afectes, les angoixes, l'enamorament. Ara sembla una bestiesa però... és per això que jo vaig escriure a l'Elisa proposant-li el joc d'imaginar què passaria si ens fessin un trasplantament mutu de cor. Ella amb el meu, jo amb el seu. Em tornaria jo una dona independent, lliure i decidida? Esdevindria l'Elisa una persona més assenyada, fidel a un sol home, absolutament maternal?

No ho havia recordat mai més, i ara, mira, m'ha fet molta gràcia sentir-ho, saber com n'érem d'ingenus... Però continua llegint, si us plau.

París, gener de 1968

Estimada i enyorada Valèria, ningú, i tu menys que ningú, s'hauria de morir sense haver estat a Nova York. Sort que a partir d'aquest estiu hi viurà la teva millor amiga i podràs anar a visitar-la.

NY és una ciutat fantàstica i ja no veig el moment d'instal·lar-m'hi. En Jim i jo hi viurem i tocarem els núvols amb els dits. I no vull dir en el sentit romàntic, vull dir que el nostre apartament és en un pis disset. S'ha de notar que vivim a la ciutat dels gratacels, no?

La família d'en Jim és enorme, caòtica, divertida, insuportable. La seva mare és tot això i molt més, però també és molt independent i per tant espero que no ens molesti gaire. A més, com que són tants a repartir, com a molt ens tocarà aguantar-la un cop l'any.

La meva mare s'ha agafat la notícia del meu trasllat a Amèrica molt malament. Ha dit besties de l'alçada d'un campanar, com ara que qui sap si ella hi serà quan jo pugui tornar a venir a Barcelona. Com si hagués de travessar l'oceà nedant per tornar. Què hi farem. Jo estic eufòrica i ja he fet contactes amb el Museu Arqueològic de NY per col·laborar-hi. També escriuré articles per a revistes europees d'història i d'arqueologia. Treballaré més que mai, però vull que em quedi temps per conèixer gent, per visitar tots els museus, per veure tots els musicals de Broadway, per viatjar a tots els racons dels Estats Units.

Em podries prometre que vindràs a veure'ns? Encara no coneixes el meu futur marit! Ah, sí, no t'ho he dit? Ens casarem el mes de juny a Amèrica. T'ho pots creure? Seré la senyora Townsend. No, no, és broma, seré l'Elisa Saumell, com sempre.

I vosaltres? Com esteu? Has vist com pot arribar a ser una persona d'egoista (si està enamorada)? Només parlo de mi, d'en Jim, de NY, de nosaltres. Vull que m'escriguis i m'expliquis amb més detall com va la creació del negoci d'en Quim. A mi sempre m'ha semblat una gran idea, que barreja el seu amor per les antiguitats amb una gran possibilitat de fer diners. Anima'l, fes callar la teva cunyada. Un petó.

Elisa.

París, maig de 1968

Estimada Valèria, hem rebut el vostre regal. Quina autèntica meravella. Ja li pots agrair al teu home de part nostra i dir-li que no hi haurà cap altre apartament a tot Manhattan que tingui un canterano català del segle XVIII. I dius que el va arreplegar en una casa pairal de Regencós? És possible que la família l'hagués deixat a les golfes durant tants anys? No eren conscients del que tenien? En fi, és clar que el canterano se sentirà més valorat i serà més feliç a casa nostra, encara que sigui en un pis disset.

Ja has vist què està passant a París, amb la revolta dels estudiants? Les aigües baixen molt remogudes... Dilluns va haver-hi cotxes bolcats i alguns estudiants van arrencar llambordes del paviment per llançar-les contra la policia. La veritat és que la narració d'un amic que hi era ens va fer esfereir. I ahir, a prop de la Sorbona, diuen que els parisencs que viuen a la zona ajudaven els manifestants i s'unien a la revolta. La càrrega de la policia va tornar a ser brutal. Es parla d'un miler de ferits. En Jim ha sentit que s'està convocant una vaga general i una gran manifestació per dilluns. Ja t'ho explicaré. I sí, aniré amb compte, no pateixis!

Elisa.

París, juny de 1968

Valèria, he viscut les setmanes més intenses de la meva vida i no sé per on començar a explicar-t'ho. En Jim i jo fa dies que pràcticament no dormim. Estem esgotats i buits. Hem viscut des de l'emoció més intensa i l'exaltació màxima al desànim més rotund que ara ens envaeix. Som a l'endemà de la batalla i em fa la impressió que el que quedava de joventut a dins nostre s'ha escolat per les clavegueres de París.

Suposo que ja saps més o menys com han anat les coses. Com era de preveure, la revolta dels estudiants es va encomanar a tota la societat perquè la situació econòmica era penosa per a la gran majoria de la població. La vaga general del dilluns, 13, va ser un èxit total. La manifestació, impressionant. La Sorbona va despertar-se plena de fotografies de Mao, Lenin, Marx i el Che Guevara, al costat de pintades que deien «tot és possible». L'endemà, mentre els estudiants i els dirigents sindicals es reunien a la Universitat per organitzar-se, els obrers d'algunes fàbriques emprenien accions de forma espontània. Dimecres, els treballadors de Renault van ocupar la seva fàbrica i van segrestar els directius. Divendres i dissabte es van anar sumant sectors a la vaga: controladors aeris, televisió, el transport públic. Els següents dies la paralització del país va amenaçar el govern i, finalment, el dia 24, en De Gaulle va sortir per televisió. A partir d'aquell moment, el moviment va semblar que es desinflava. La resta ja la saps. Prohibició, exèrcit, repressió. És un bon moment per fugir de París.

Déu meu! En Jim ha vingut a interrompre'm per dir-me que han disparat contra Robert Kennedy. Sembla que el país que ens rebrà tampoc no viu el seu millor moment.

I a Espanya, que és on haurien de passar més coses, no hi passa res. No et vull deprimir, avui ho veig tot negre. T'escriuré des de Nova York i t'explicaré com es veu Central Park des de la finestra del meu fantàstic i elevat apartament!

Una abraçada, Valèria.

Elisa.

La malaltia deixa anotat cada dia algun senyal al rostre de la Valèria: els ulls una mica més enfonsats, un punt més de pallidesa, les mans una mica més tremoloses... o l'os de la clavícula que sobresurt encara més, com si d'un moment a l'altre hagués d'esquinçar la pell.

—Vas tenir un corresponsal particular del maig francès...

Aquell moment, el maig del 68 i tot el que va significar, va marcar l'inici d'una nova època per a l'Elisa. La profunda decepció ideològica va coincidir, afortunadament, amb la descoberta d'una mena d'amor que no havia conegut fins aleshores, que potser no creia que existís. En Jim, l'home de qui es va enamorar, va aportar placidesa a la seva vida i això no havia passat mai. Fins aquell moment, l'amor sempre alterava l'Elisa, l'exaltava o la destruïa, però mai la convidava a un viure serè. Amb en Jim tot va ser diferent. Ell li va oferir una relació que mantenia un equilibri quasi perfecte entre els dies exultants i les nits calmes, entre les mirades enceses i l'abraçada acollidora, entre la independència i la complicitat, entre Europa i Amèrica, l'estabilitat entre dos pols que l'Elisa d'abans —d'abans de l'amor, vull dir— sempre havia rebutjat de ple.

La vida de l'Elisa amb en Jim era una vida en un apartament amb totes les comoditats, veïns respectables i vistes al Central Park. Una família nombrosa i aclaparadora, que no respectava gens la seva intimitat i li omplia la casa de visites inesperades, trucades a deshora i plans sense consultar. Una vida social intensa, amb una agenda atapeïda d'inauguracions, còctels i presentacions, que l'Elisa assumia amb una naturalitat sorprenent. Però en Jim també li oferia la ciutat de Nova York per a ella soleta, un món sencer prou atapeït i pletòric perquè l'Elisa no se l'acabés mai. I hi havia, sobretot, el seu enamorament, profund com cap altre, de dona adulta que ja sap què vol.

Era un amor amb escenari. Sempre em quedarà el dubte de si l'amor de l'Elisa per en Jim hagués sobreviscut al pas dels anys hauria tingut un altre escenari que no fos Nova York.

Les cartes des d'Amèrica m'arribaven espaiades però molt llargues i plenes. La nova Elisa sovint dedicava més paraules a les anècdotes de la família Townsend que no pas a les exposicions del MOMA.

Aquesta nova perspectiva li va fer repensar la relació que mantenia amb la seva família, cada vegada més prima i distant. Tot d'una, els germans, cunyats i nebots de l'Elisa van començar a rebre invitacions... i l'apartament de Central Park sempre anava ple de matalassos a terra i sofàs reconvertits en llits. Finalment, vaig decidir que a mi, a nosaltres, també ens tocava. Estic segura que l'Elisa, que feia anys que em demanava que l'anés a veure a diverses ciutats del món, ja havia perdut l'esperança, però l'any 1970 tot va quadrar i en Quim i jo vam viatjar a Amèrica.

Els dos grans, la Neus en tenia setze i en Guillem catorze, es van quedar amb els meus pares, que ja eren vells però encara es trobaven bé, i les dues petites es van instal·lar a casa del meu germà. No cal dir que la Consol va rebre-les amb tots els inconvenients que és possible imaginar i criticant sense cap mena de pudor la nostra estrafolària idea de viatjar a Amèrica, però no vaig tenir cap dubte, ni el tinc encara ara, que se'n va cuidar amb cura i que les va tractar amb afecte. El meu germà, també t'ho dic, tot i els seus generosos oferiments i el retrets que feia a la seva dona cada vegada que ella es queixava, no la devia ajudar gens ni mica. Potser, com a molt, s'enduia les nenes a pescar cap al tard.

En fi, el cas és que en Quim i jo vam volar damunt de l'Atlàntic agafats de la mà, i l'estrenyíem amb la mateixa força que la nit de nuvis, al taxi que ens conduïa a l'hotel.

Tot va resultar bé, millor que bé. Nova York té un atractiu suficient per si mateixa, no cal dir-ho, però per si això fos poc, l'entesa i la cordialitat entre tots quatre va imposar-se des del primer dia. L' humor novaiorquès d'en Jim Townsend va acabar lligant del tot amb la sorneguer ia empordanesa d'en Quim, i l'Elisa i jo rèiem i rèiem com dues adolescents, deixant-nos portar per una onada de felicitat completa.

Van ser dotze dies enlluernadors que, de fet, van projectar una llum constant i càlida damunt dels anys posteriors, especialment a partir de 20 de juny de 1976, quan tot es va enfosquir sobtadament.

—Vas molt de pressa.

És veritat, perdona... érem al 1970. És que de la mateixa manera que et dic que el viatge a Nova York va il·luminar els anys posteriors, també t'he de confessar que la mort d'en Quim projecta una ombra paorosa al seu entorn que no em permet recordar bé com era la nostra vida abans que s'esberlés.

Veus? Per això serveixen els diaris. Sense aquelles anotacions fetes «a peu d'obra», a cop calent, mentre ho vivia, tot es torna borrós, i es deforma. La memòria traeix el record centenars de vegades, en petits detalls o fins i tot en sentiments que, passat el temps, volem maquillar. Però en aquells anys jo no tenia prou energia per escriure al diari cada vespre, només hi podrem recórrer per situar-nos de tant en tant... Ho provarem, vinga, que no sigui dit.

—Gràcies.

Cap al començament de 1971, el restaurant on treballava en Quim va decidir tancar. La notícia no ens va espantar perquè a l'Escala d'inici dels setanta si alguna cosa hi havia era llocs de treball. A l'estiu, al costat de les gernacions de turistes estrangers, també ens visitaven colles de nois i noies vinguts d'arreu d'Espanya, que volien guanyar-se quatre calés durant l'estiu servint a les terrasses per continuar estudiant a casa seva durant l'hivern. Tot plegat feia canviar la fesomia del poble cosa de no dir. Aquesta transformació era sovint motiu de discussió quan ens trobàvem amb la família o els amics. Hi havia escalencs, com la meva cunyada Consol, per exemple, i el meu germà déu n'hi do també, que només hi veien inconvenients. Argumentaven, i en això no els faltava gens de raó, que la construcció desmesurada de blocs d'apartaments i hotels amenaçava seriosament les nostres platges. Profetitzaven que l'Empordà perdria tota la seva personalitat i que els alemanys, o els francesos, o qui fos, acabarien ensenyorint-se de tot, com deien que estava passant a Mallorca.

A l'altre extrem hi havia, per exemple, els nostres veïns, els Mallart, que estaven encantats amb el funcionament dels seus negocis, una botiga de *souvenirs* i una altra de queviures. «No et pots imaginar quants pots d'anxoves venc, jo, al mes d'agost», deia en Josep Mallart. «I quantes nines amb vestit de *faralaes*», remugava el meu germà en veu baixa.

A mi em semblava que tots en feien un gra massa. No es pot negar que el creixement s'estava produint de forma desordenada i poc respectuosa amb l'entorn natural, però és veritat que la prosperitat arribava a totes les famílies i, sobretot, que els turistes ens obrien els ulls i la mentalitat.

El cas és que, en aquell clima de bonança econòmica, en Quim va proposar-me fer un salt sense xarxa i provar de crear un negoci que li permetés recuperar les seves dèries de joventut. Algunes persones —una minoria, però de fiar—, van donar suport a la seva idea amb entusiasme, convençuts que els *veranejants* (que en dèiem aleshores) rebrien el nostre negoci amb els braços oberts i que ens faríem d'or en quatre dies.

Tots els somnis d'en Quim adolescent (resumits pels meus pares en aquell moment com «remenar els trastos vells») van anar agafant forma fins a concretar-se en un negoci dedicat a la compra i restauració de masos vells per posar-los a la venda. La nostra clientela potencial l'havíem de trobar especialment entre els turistes (la majoria europeus: francesos, belgues, holandesos, alemanys i anglesos) que venien a Catalunya de vacances i hi trobaven el lloc i el clima ideal per passar-hi els anys de la seva jubilació.

D'altra banda, en Quim Danés era prou conegut a la comarca i no va costar gaire donar a conèixer el negoci entre les famílies que heretaven una vella casa familiar i no hi volien viure (molt sovint no es veien amb cor de recuperar-la degut al seu mal estat). Tot plegat, si vols que et digui la veritat, era força aventurat, però es tractava d'un risc controlat: la casa on vivíem era nostra —regal dels meus pares— i el local on vam instal·lar una petita oficina per atendre públic era del germà d'en Quim, que ens en feia pagar un lloguer purament simbòlic. Sempre vaig pensar que si no ens en sortíem, no hi hauríem perdut gaire, tret de les hores de feina i la tenacitat d'en Quim, que segurament en sortiria deteriorada. De vegades em deixava arrossegar per un optimisme empeltat d'amor en estat pur, d'aquell amor adolescent que creu amb fe cega que la persona que estimes podrà aconseguir absolutament tot el que es proposi. Sempre vaig mantenir encesa aquesta fe en el fons del meu amor madur i apaivagat pels anys. D'altra banda, estava convençuda que els europeus amb una bona jubilació es barallarien per treure'ns de les mans les velles masies restaurades. Qui podria resistir-se a un casa plena d'història, que guarda immutable els secrets d'una nissaga familiar, però que ofereix totes les comoditats modernes per fer la vida senzilla i agradable? I qui, a veure, qui podria evitar deixar-se seduir per aquest entorn dibuixat a llapis, de línies suaus, de cels nets, d'arbres vinclats, d'horitzons accessibles?

L'Escala, 27 de febrer de 1972

Assenyalo la data d'avui amb retolador vermell. En Quim ha venut el Mas Trullol! L'han comprat —i molt ben pagat— un matrimoni alemany que vol instal·lar-s'hi a viure tot l'any. Els he conegut aquest migdia, tots dos amb els cabells blancs i amb ulleres, tots dos amb aquella pell rosada que envermelleix amb la primera manyaga de sol. Cap dels dos no entén ni parla ni una paraula de castellà (no diguem de català), i això que fa vint-i-dos anys que estiuegen a la Costa Brava. Tampoc no saben prou francès per fer negocis —en Quim i jo no n'hem estudiat gaire, però com tots ens hi defensem perquè el podem practicar cada estiu. Al final hem hagut de demanar al nebot gran d'en Quim, que parla anglès, que ens fes d'intèrpret.

S'han quedat el casalot amb la majoria dels mobles que hi anaven a dins i que en Quim havia fet restaurar. Hem fet un gran negoci que ens permetrà tirar uns quants mesos endavant.

A casa, en Quim m'ha confessat, un pèl avergonyit, que hi ha tres peces del mobiliari del Mas Trullol que ni tan sols les ha ofert als compradors. Diu que són autèntiques joies de brocanter: un rellotge de paret de marqueteria, un *bureau* de noguera i una màquina de cosir de ferro forjat. Estic pensant que, amb el temps, haurem de buscar un local més gran que ens permeti exposar totes aquestes antiguitats.

No vull pecar d'optimista, però crec que tot sortirà bé!

Setembre de 1972

La mare va morir de sobte al principi d'agost. El seu cor es va aturar mentre dormia. Estic segura que ella no hauria desitjat una altra mena de mort. Sense escarafalls, sense comiats dolorosos.

Tot i així, els que ens hem quedat sense ella —el pare, especialment—, vivim en una tristesa serena però permanent, com si ens envoltés una boira espessa que ni una bona tramuntana seria capaç d'escampar.

Desembre de 1972

Aquest any farem el Nadal a casa. No en tinc gens de ganes. No tinc ganes de cuinar ni de guarnir la casa. No tinc ganes d'anar a missa del gall ni d'embolicar regals. Però s'ha de fer, com diu en Quim, ho hem de fer, sobretot per la Max, que només té set anys, i vol el Nadal de sempre. Però no serà com sempre, trobarem a faltar la mare.

De moment ja tinc els regals de la Neus, tots relacionats amb la seva nova vida d'estudiant a Barcelona (fa primer de magisteri i viu en un pis amb dues noies més, una de Torroella i l'altra de Banyoles). Un jersei de llana de coll alt, una bossa de pell girada per dur creuada al pit, una bufanda llarguíssima de ratlles verdes i grises i un transistor.

La Martina m'ha demanat un altre llibre de botànica (Marededéu! Quan penso que l'any que ve ella també marxarà...!). No sé pas quants en té, però es veu que en aquest que vol hi ha fotografies de jardins de tot Europa. També li regalaré uns texans Levis i un disc de Simon i Garfunkel.

En Guillem... en Guillem no sé pas què en farem. Demana una moto amb insistència però tant el seu pare com jo ens hi neguem rotundament. Em sembla que convenceré en Quim de comprar-li una guitarra elèctrica, que també la demana molt. És cara, però potser així li farem oblidar la moto, i amb la guitarra no es pot fer mal. (Això sí, serà amb la condició que no la toqui els dies de migranya, que cada cop en tinc més sovint).

La petita és la més fàcil: nines, vestidets per a les nines, més nines.

Maig de 1973

Carta de l'Elisa:

Nova York, maig de 1973

Estimada i enyorada Valèria, fa molts dies que no sé res de tu! No em queixo, només espero que tot estigui bé. Aquí, a Nova York, la primavera ha arribat per sorpresa i m'ha emplenat la casa de gent. L'hivern novaiorquès és temible però quan la incomoditat de la neu es desfà —mai millor dit—, els nebots se'ns multipliquen. Ara tenim la neboda petita d'en Jim i el seu marit, un mexicà simpatiquíssim, el meu nebot Ignasi, el mitjà de la meva germana Júlia i les bessones, les filles del meu germà. Què et sembla? La veritat és que són una colla molt maca i al vespre, quan sopem tots junts, en Jim i jo ens divertim molt i ens sentim rejovenits per la seva xerrameca plena d'entusiasme i els seus projectes de futur, que ens expliquen amb aquell convenciment de la joventut d'«Impossible is nothing».

Darrere d'aquesta patuleia, que encara que no vulguin donen feina a casa, no treballo gens ni mica. Aviat m'hauré tornat una perfecta mestressa de casa. He, he.

I vosaltres? Com esteu? Em diuen els nois que a Espanya tothom creu que al dictador li queden quatre dies. És cert? No em puc acabar de creure que hagueu permès que s'acabi morint de vell al seu llit.

I el negoci d'en Quim? Va endavant? No tinc cap dubte que serà un èxit (si és que ja no ho és). Potser trobaríeu una masia del segle passat amb moltes habitacions i una gran sala, amb un porxo acollidor on en Jim i jo —i la colla de nebots que ens visitin— puguem passar els vespres d'estiu de la nostra vellesa.

Potser finalment, Valèria, podrem tornar a estar a prop l'una de l'altra.

Tant de bo.

Elisa.

El negoci d'en Quim, que vam batejar com *El Recer*, va prosperar amb facilitat. Al final de 1975 acabàvem d'inaugurar unes oficines còmodes i cèntriques que havien acollit antigament una factoria de salaons. M'agradava pensar en totes les dones, les meves avantpassades, que durant segles s'havien dedicat a la preparació del peix salat, seguint el procediment heretat de l'Empúries grecoromana.

I he de confessar-te que sovint, a les estones mortes, el meu pensament s'enlairava encara més enrere, cap als vaixells carregats d'àmfores plenes de salaó de peix —amb cos piramidal i la boca exvasada—, les que guardaven l'oli —més panxudes— i les que servien per envasar el vi —allargades i amb la boca molt estreta.

Les àmfores que viatjaven des d'aquí mateix, des d'Empúries i des del petit port batejat pels romans com Scala, transportant l'anxova en salaó i el garum, la salsa feta amb les tripes del peix... recordava el meu interès per les marques d'àmfora, acabada la carrera, quan estudiava entre biberons i canvis de bolquers. Les marques d'àmfora com precioses informacions sobre la societat, l'economia i l'organització del món antic. Petits segells, impresos abans de la cocció del fang, amb indicacions escrites o figurades sobre els centres de producció, el lloc de procedència o el seu contingut. La marca ens pot explicar si aquella àmfora va arribar a Catalunya procedent d'Itàlia, plena de vi de Campània o si, en canvi, transportava oli des de la Bètica. Encara m'impressiona el fet que un recipient de fang tan humil, fet per complir la missió de transportar vi, oli o salaó, pugui ajudar-nos a conèixer la història. Les àmfores són envasos d'història.

Perdona, em sembla que he perdut el fil... Érem a l'any 75, oi? Sí, a la mort d'en Franco.

Quan finalment es va fer oficial la mort del dictador, vaig rebre la trucada emocionada de l'Elisa a les oficines d'El Recer que des de l'altra banda de món volia compartir amb nosaltres aquella joia tenyida d'una certa incertesa.

Ella xisclava i deixava anar «visques» i jo li feia abaixar el to de veu sense poder-ho evitar. En Quim, al meu costat, reia a cor què vols. «Que et fa por que ressusciti?», em preguntava, sorneguer. Tot just penjar el telèfon ens vam abraçar encara enriolats, i en Quim em va agafar la cara amb les mans i em va fer un petó als llavis. Alguna força estranya em va empènyer des d'algun lloc i el vaig besar apassionadament, com si en aquell petó s'hi amaguessin tots els petons que no ens havíem pogut fer quan érem joves, en els anys que el règim que ara s'acabava dominava amb mà de ferro la nostra intimitat.

«Eh! —va fer en Quim, amb la veu ronca—, que avui és dimarts!». Retornava la nostra antiga complicitat, els petons de diumenge, l'amor encès.

Recordo que vam sentir el dring de la porta d'El Recer i ens vam separar precipitadament. Vaig sentir la rialla d'en Guillem, fresca i fonda. «Us he enxampat!». El nostre fill ens contemplava, jo diria que feliç de veure'ns com ens veia.

Era dimarts, però aquell va ser el nostre últim petó de diumenge. Al cap de deu dies, en Quim no va arribar a casa a l'hora de sopar i la nostra vida va començar a rodolar per un pendent pronunciat, com una casa de nines que algú llença per un penya-segat.

Capítol 14

NEUS

La Neus em va oferir mantenir la nostra conversa a casa de la seva mare, on ella passava pràcticament tot el dia des que la malaltia havia entrat en una fase més avançada. Li vaig demanar, però, si podia visitar-la a casa seva, a l'altra banda del mateix carrer. Els personatges funcionen millor en el seu propi escenari. Em va rebre vestida amb roba còmoda i els cabells recollits amb una pinça al clatell. Em va demanar que m'instal·lés a la terrassa mentre ella anava a buscar cafè a la cuina. En el trajecte, va recollir un jersei d'una cadira, va collir un coixí del terra i el va posar al sofà i va endur-se un gerro amb unes margarides una mica pansides.

—Sucre?

—Dues cullerades, gràcies.

—I així, què vols saber?

—Vull que em parlis de la teva mare, i de tu. De la relació que hi tens.

Mmmm, això serà molt difícil. Mai no hi he dedicat ni un minut a pensar-hi... la meva mare, la relació que hi tinc... és tan natural com respirar, tot plegat. Has rumiat mai com t'ho fas per respirar? La meva mare és una presència constant, estable, molt pròxima. L'he imitada des que tinc ús de raó. No, d'abans. Jo tenia dos anys quan va néixer en Guillem, quatre quan va néixer la Martina i ja els feia de mare quan la mare no hi era. Els cuidava, els renyava, els protegia. No em recordo d'una altra manera. Sóc la primera filla, però no em recordo sola. Em recordo sempre pendent d'ells. I després, quan jo tenia nou anys, va néixer la Max. I per ella encara vaig ser més mare. L'ajudava amb els deures, segurament amb ella vaig descobrir que podria ser una bona mestra. Neus, vigila en Guillem. Neus, ha berenat la Max? Neus, acompanya la Martina a solfeig. No hi ha cap Neus sense germans.

No és un retret. Mai no vaig pensar que els pares abusaven de mi. Ni em va passar pel cap. Jo era assenyada de natural, i era la gran. Tot va sorgir d'una forma natural. La mare i jo compartíem la responsabilitat dels petits. La mare i jo, encara ara, quan parlem dels meus germans diem «els nens». Els nens! En Guillem només té dos anys menys que jo i és pare de família! Però és així, jo en sóc responsable, gairebé al mateix nivell que ho sóc dels meus fills. I serà així fins al dia que em mori.

El meu home, que és molt generós i mai no se li acudiria de queixar-se... però l'altre dia em va dir: vols dir que no et carregues massa de feina, amb els nens, la casa, l'escola, la teva mare...Vols dir que no ho hauríeu de repartir una mica més? Es referia a la malaltia de la mare. Jo l'he portada a casa meva a passar la convalescència cada vegada que ha sortit de l'hospital, jo em cuido de la seva medicació, jo m'ocupo d'omplir-li la nevera de iogurts i sucs de fruita. No em sap greu, i no puc dir que ningú m'ho exigeixi. Està establert així. En Guillem aporta afecte a cabassos, els petons, les abraçades, les rialles. La Martina sap distreure la mare de la seva tristesa: una conversa sobre poesia, els plànols del jardí que està dissenyant, una brusa de seda natural caríssima que ja no estrenarà. I la Max és a casa la mare a totes hores. S'asseu al costat i recolza el cap als seus genolls. La mare li acarona els cabells. És la mare qui li fa companyia, qui la consola.

Jo entro i surto, faig feina, faig encàrrecs i, sobretot, li confirmo que porto les regnes de la família, que estic al cas del que passa, que puc actuar si cal en qualsevol moment.

De vegades somio a fugir sola un parell de dies. Amagar-me, que ningú pugui trobar-me. Lliure de responsabilitats i d'obligacions. Sense permetre que res no m'amoïni ni m'atabali. Sense mare, sense marit, sense fills, sense escola, sense germans. Potser no ho faig per por. Per por de veure què en quedaria de mi, sense tot plegat. Potser no en quedaria res.

Capítol 15

Pensava llegir-me en solitud el diari de l'any 1975 per evitar-li a la Valèria el dolor d'haver de recordar els dies de la mort de seu marit. Però aquest diari no existeix. De fet, no n'existeix cap a partir d'aleshores. Per un moment tinc la temptació de pensar que és com si la seva vida s'hagués acabat amb la del seu home. Però ho descarto de seguida. Només em cal veure-la i escoltar-la: no he vist cap malalta terminal amb més vida que la Valèria Isern.

Aquell dia el mal de cap em va despertar de matinada, no eren ni les sis. Vaig provar sense cap esperança d'estar-me una estona més al llit, a veure si m'adormia. Feia molt de fred i la casa estava fosca i callada. Què faria llevada? El cap em pesava, com si m'haguessin penjat un pes al clatell. El coixí era dur com una pedra. Al costat dret del cap, darrere l'orella, hi havia un martell que picava rítmicament. Bum, bum. La sang anava i venia a batzegades, com les onades un dia de vent. Resignada, vaig sortir del llit sigil·losament per no despertar en Quim. Tant de bo m'hi hagués quedat, amb mal de cap i tot, amb martell i tot, amb onades i tot.

Però em vaig llevar i vaig anar a la cuina a fer cafè. Ben calent. Ben negre. Mentre m'escalfava les mans amb la tassa, vaig mirar el calendari: diumenge, 30 de novembre. Sant Andreu. Immediatament, com cada any, vaig pensar: *Per Sant Andreu, o pluja, o neu, o fred molt greu*. Ho deia l'àvia Valèria. I el meu pare. I jo. Vaig enretirar la cortina per observar el cel. El gris de plata em va enlluernar. Potser nevarà, vaig pensar.

Primer es va llevar la Neus: vull preparar les classes d'aquesta setmana, em fas un cafè carregadet? Havia començat a treballar aquell curs en una escola de Torroella. Tenia alumnes de quatre i cinc anys. Però tot i així es llevava d'hora el diumenge per preparar-se les classes, aquella filla meva.

Al cap d'un parell d'hores va aparèixer en Quim, els cabells esbullats. Amb qui t'has barallat, aquesta nit? Va somriure: amb els números, dona, com sempre. Els comptes d'El Recer no el deixaven dormir bé. I no és que les coses anessin malament, però en Quim és un home de lletres i portar els comptes l'atabalava molt. He demanat a en Guillem que m'acompanyi a Can Cuca de Bàscara, em va dir, hi he de recollir una calaixera, uns estris de llaurar, un balancí i una pila d'olles i cassons d'aram. Ho carregarem a la furgoneta del meu germà.

En Guillem va prendre's el cafè amb llet encara adormit. Des del dia de la mort d'en Franco havia sortit a celebrar-ho cada nit i arrossegava hores de son. Tot i així, s'havia llevat per ajudar el seu pare sense protestar. Cada vegada el veia més implicat en el negoci i més allunyat d'aquella vida perniciosa que ens havia fet patir tant durant l'any anterior. Potser encara en farem alguna cosa, d'aquest noi, encara que no hagi volgut estudiar... Van marxar tots dos cap a Bàscara.

A les onze vaig anar a cridar la Martina i la Max. Compartien l'habitació més espaiosa de tota la casa. També era la més lluminosa, els dies de sol. Aquell diumenge, però, quan vaig alçar la persiana, només va vessar-se damunt dels llits un tel de llum grisosa. Heu vist quin cel? Potser nevarà. Les nenes es van incorporar d'un bot en sentir la paraula màgica. Que nevi! Que nevi! Tant de bo no ho haguessin cantat. Tant de bo no hagués nevat.

Vam dinar tots sis junts per darrera vegada. Pastís d'escòrpora i llucets d'aquells petits que li agradaven a en Quim. En Guillem i la Martina es van barallar. La Neus va dir que sortiria a sopar amb l'Alfons Valls, el fill del metge, i tots vam somriure. Feia setmanes que festejaven, però encara no ens ho havien anunciat oficialment.

A mitja tarda va sonar el telèfon. En penjar, en Quim em va dir que li acabaven d'oferir la rehabilitació d'un mas a prop de Cadaqués: hi vivia un avi solitari que s'ha mort aquesta setmana i em trucava el nebot que ha heretat la casa, que no se la vol vendre... diu que ell no sabria com posar-s'hi per arreglar-la, que el sostre els cau al damunt... torno a agafar la furgoneta per anar-la a veure. Vaig assajar una tímida protesta: Ara? És diumenge...! No vull que me la prenguin.

Quan va sortir de casa ja havia començat a ploure, una pluja fina i persistent que em va fer tornar a pensar en el refrany de l'àvia Valèria: *Per Sant Andreu, o pluja, o neu, o fred molt greu.*

Al vespre, en Guillem, que havia anat al cinema, va ser el primer d'arribar. Fa un fred que pela, mare. Poc després va venir la Martina, que havia passat la tarda a casa d'una amiga, fent un treball per l'escola. Mare, a la Maria Glòria li han decorat una habitació per a ella sola, jo també voldria...

La Neus ens va trobar parant taula. Em va fer un petó i vaig sentir la seva pell tèbia que encara guardava l'olor de l'amor, dels petons, de les carícies. Com m'agrada que aquesta parella no hagi de patir cada vegada que es fa un petó, per llarg i intens que sigui, vaig pensar. I aquell va ser el primer moment que vaig pensar si li hauria passat alguna cosa a en Quim, que era estrany que se li fes tan tard, que la carretera de Cadaqués no m'agradava gens, que amb pluja encara menys. Va ser només un petit esvalotament del cor, encara no se'n podia dir angoixa.

Però van tocar les nou, i dos quarts de deu, i els nanos em van preguntar com és que el pare no arriba. Vaig agafar el telèfon per trucar al meu germà. Mentre sentia el truc una vegada, dues, tres, em vaig acostar a la finestra de la cuina i vaig aixecar una punta de cortina de ganxet que m'havia fet la meva sogra anys enrere. Havia començat a nevar. *Per Sant Andreu, o pluja, o neu, o fred molt greu.*

En Lluís no va poder dissimular una resposta alarmada: encara no ha tornat? I tot seguit: tranquil·la, el cotxe deu haver tingut pana. Sortiré a buscar-lo.

No el vaig deixar. La neu queia cada vegada amb més intensitat i no es veia pràcticament res allà al defora. Va trucar a la guàrdia civil. Encara va tenir humor de fer una broma: fixa't, només fa uns dies que és mort en Franco i ja hem de trucar a la guàrdia civil. Jo ja no vaig riure.

I res més. El meu germà i la seva dona van venir a ferme companyia, les petites se'n van anar a dormir i la Neus i en Guillem van portar cafè i galetes mentre l'espant anava agafant possessió de les seves faccions. Les onze, les dotze. Va sonar el telèfon i el va agafar en Lluís.

Després de penjar va agafar aire abans de dir: ha tingut un accident, l'han portat a l'hospital de Figueres.

La Consol es va quedar a casa amb les nenes i en Lluís i jo vam marxar amb la Neus i en Guillem. Pobrets, pobrets, eren unes criatures. El viatge el vam fer en un silenci compacte.

Jo ja sabia que en Quim era mort. Ho havia llegit en els ulls del meu germà mentre escoltava la guàrdia civil per telèfon. No m'ho volia creure, no m'ho podia creure, però ho sabia del cert. Només era qüestió que la informació s'anés filtrant a dins meu, com l'aigua va xopant la terra quan comença a ploure a poc a poc.

Durant tot el camí de l'Escala fins a Figueres va caure aiguaneu. Les gotes s'estavellaven contra el vidre i dibuixaven petites estrelles que el parabrisa s'enduia d'un cop. *Per Sant Andreu, o pluja, o neu, o fred molt greu.* Molt greu. Molt greu. Havia començat a adonar-me del que estava passant.

Dels dies següents no en recordo pràcticament res. La Consol i les germanes d'en Quim traginant per casa, fent dinar, ocupant-se de la petita Max, fent-me prendre tasses de brou. Jo vaig plorar i plorar, asseguda a la butaca de vímet, sense veure res del meu entorn, amb un egoisme total, impropi de mi. No pensava en els meus fills, no sentia l'impuls de consolar-los perquè el meu dolor era immens, inabastable i ho ocupava tot. El meu dolor era una flaire penetrant que tot ho envaïa, era un líquid calent que m'estovava, era un aire gelat que m'impedia d'obrir els ulls.

Havien passat vint-i-set anys des d'aquell vespre, a la platja: *Només penso una cosa: que t'estimo, i només vull pensar una cosa: que tu m'estimes.*

—Com te'n vas sortir?

No me'n vaig sortir. El dolor encara hi és. Però va venir l'Elisa.

—Des de Nova York?

Sí. Els nois li van dir que no calia, però va voler venir quan ja feia una setmana que en Quim era mort i jo encara passava les hores plorant a la butaca de vímet. Quan la vaig veure al meu davant, vaig buscar forces en algun racó per aixecar-me i poder-la abraçar. No va ser una abraçada gaire llarga, ni gaire estreta, ni gaire dramàtica. L'Elisa no és una persona amiga de grans expansions sentimentals. Jo encara em refugiava en els seus braços quan em va agafar pels colzes i em va separar suaument del seu cos. Em va mirar als ulls com avaluant la magnitud de la devastació que s'havia produït al meu interior. I devia espantar-se perquè va dir: Si això ens havia de passar, hauria estat molt millor que em passés a mi. Jo me n'hauria sortit més fàcilment: estic acostumada a estar sola, sóc més independent. No és just que t'hagi passat a tu.

Suposo que va ser aquesta demostració de generositat, aquesta autèntica declaració d'amor, la que em va salvar de la desfeta i em va ajudar a sortir una altra vegada a la superfície.

I a partir d'aleshores, tot va anar recuperant lentament una certa normalitat: la Neus es va prometre amb l'Alfons i va consolidar la seva feina de mestra a Torroella, en Guillem i jo ens vam proposar tirar endavant El Recer, la Martina va anunciar que volia ser arquitecta de jardins i que com que la carrera de Paisatgisme aquí no existia, volia anar a Londres per estudiar-la. I la petita Max va créixer entre tots nosaltres, pidolant atenció i afecte entre la tristesa que s'havia instal·lat a casa, com un membre més de la família.

—I després?

Després la vida va anar fent el dolor més suportable. La Neus i l'Alfons es van casar i va ser una festa molt maca. M'havia fet el propòsit de no plorar i vaig aconseguir-ho durant tota la cerimònia i també mentre sopàvem. Vaig veure com la meva filla ballava un vals, tan prima, tan blanca, com una papallona. I llavors els pares de l'Alfons també van sortir a ballar, i abans que jo pogués adonar-me de res, en Guillem em va agafar per la cintura i em va fer giravoltar suaument mentre em deia que era la dona més enlluernadora de la festa.

Mirava el meu fill mentre giràvem al ritme de Strauss i li veia els ulls d'en Quim, el somriure d'en Quim, fins i tot el mateix remolí als cabells que li dibuixava una entrada irregular al front. I llavors se'm va escapar una llàgrima petita que va regalimar des de l'extrem de l'ull fins a l'orella...

Això era l'any 77 i al començament del 78 la Martina va marxar a Anglaterra. Havia acabat el batxillerat i el preuniversitari i havia passat un any treballant en un hotel per poder estalviar. Era una noia decidida, no tenia por de res. També era una bellesa extraordinària: no hi havia cap home que no quedés fascinat pels seus ulls grisos i els seus moviments felins... La vaig trobar a faltar molt, però ella, com sempre, trobava la manera de compensar-me i als estius em convidava a viatjar per conèixer els jardins més fabulosos del món. Marxàvem una setmana, ella i jo soles, i compartíem una intimitat que ha marcat la nostra relació per sempre. En aquells viatges: Giverny, el poble-jardí de Claude Monet, Hidcote Gardens, a Gloucestershire, el jardí més copiat del món, l'Alhambra de Granada, des d'on es contemplen les millors postes de sol... ens omplíem els ulls de bellesa per tenir-ne reserva tot l'any. La Martina, amb aquella facilitat que té per portar l'aigua al seu molí, em feia veure que aquells pocs dies l'any que compartíem ens acostàvem molt més que no pas la convivència de tot l'any a casa. «Ens enganxaríem cada dos per tres», deia. I tenia raó, i jo ja m'havia conformat a tenir-la lluny, sobretot perquè a casa n'hi tenia dos més i la Neus, que vivia al mateix carrer, quatre cases més enllà.

Quan la Martina va tornar de Londres, l'any 82, en Guillem ja havia conegut la Cloe i ella li havia assenyalat amb claredat el camí per on ara circulava amb la seguretat d'un conductor experimentat. Tots dos es feien càrrec d'El Recer, que s'havia consolidat com un negoci realment pròsper.

Aquell Nadal vaig parar una taula ben guarnida per a vuit persones. Mentre servia els plats, pensava que en Quim no havia conegut tres dels rostres somrients que m'acompanyaven: l'Alfons, el marit de la Neus, la meva nora francesa, la Cloe, i el convidat sorpresa que havia portat la Martina, un noi atractiu i educat que es deia Miquel.

L'Alfons Valls tenia una decidida vocació per la medicina, heretada del seu pare i que, sospito, formava part d'un paquet que també portava inclòs un caràcter tranquil, gairebé inalterable, que s'ha mantingut així des d'aleshores. En aquell sopar de Nadal de 1982, l'Alfons ja ens va fer saber els seus plans, que s'han anat complint escrupolosament: havent-se doctorat en pediatria, pensava partir la seva jornada laboral, al matí a l'hospital de Figueres, a la tarda en una consulta privada a l'Escala. Al cap d'uns anys, quan la seva reputació li hagués consolidat una clientela àmplia i estable, deixaria l'hospital. «Aleshores ja tindrem un parell de criatures i a la Neus li convindrà que treballi a prop de casa per ajudar-la una mica més», deia, sense alterar-se, com si tingués l'absoluta certesa que les coses anirien tal com ell deia. Jo adreçava al meu gendre una mirada plena d'escepticisme, però al cap dels anys he de reconèixer que tot ha anat exactament com ell havia previst: l'Alfons és un pediatre reconegut a tot l'Empordà i la Neus i ell han tingut dues criatures: els meus néts Judit i Àlex. I ara arriba el tercer, una sorpresa que l'Alfons no havia calculat, però que ha acceptat amb alegria.

L'amic de la Martina es deia Miquel Batalla i era un noi de faccions i de qualitats exagerades: nas gros, boca ampla i molsuda, ulls enormes, cabell abundós, extremament simpàtic, de conversa cordial i brillant. Realment seductor. Seductor i una mica abassegador. En Miquel, catedràtic d'economia i col·laborador habitual de diversos mitjans de comunicació, va instal·lar-se amb una naturalitat desconcertant a la nostra família, va agafar el seu lloc i hi estava realment còmode. Va saber guanyar-se l'afecte de cadascun de nosaltres i tots l'hem trobat a faltar des que la Martina i ell es van separar.

I finalment, la Cloe. La meva nora francesa. La meva Cloe. En Guillem l'anomena així per riure's d'ella i de mi i de l'afecte que ens tenim, més pròxim al de mare i filla que no pas a la suposadament difícil relació entre sogra i nora.

La Cloe és dolça sense embafar, és tendra sense ser dòcil, és irònica sense caure en el sarcasme, és comprensiva però mai condescendent, és divertida, pràctica, sensible. Seria molt difícil, i imperdonable, no estimar una nora així. És possible que la seva ràpida i plena integració a la família es degui, també, al fet que ella no en té. No vull dir que no la tingui aquí, vull dir que no en té. La Cloe no va saber mai qui era el seu pare. La seva mare la va tenir amb disset anys i la va criar amb l'ajuda dels avis materns, en un petit poble de la Bretanya francesa. Quan era una adolescent, la tragèdia va escapçar la seva vida i la va partir per la meitat: primer va morir la seva àvia, víctima d'un càncer. Pocs mesos després, el cor del seu avi cedia a la tristesa i s'aturava. Quan ella i la seva mare encara lluitaven per recuperar-se de la pèrdua, la calamitat va decidir acarnissar-se amb aquella família: una tarda de juliol de 1976, la mare de la Cloe, Juliette, va sortir a passejar la seva gossa per la platja de Moëlan-sur-mer, on vivien. A l'horitzó hi naixien uns núvols que semblaven de tempesta, així que la Juliette va abrigar-se i va dir a la seva filla que seria una passejada breu. Però va ser una passejada llarga, la més llarga, perquè un llamp va tocar-la i la va ferir de mort. La Cloe va poder veure-la, a l'hospital, ja inconscient però encara amb vida. Al cap d'unes hores, aquella noieta de divuit anys es va quedar sola al món.

Tot i que diversos amics i veïns es van oferir per ajudar-la, la Cloe va preferir marxar de l'escenari de les seves tristors. Estava convençuda que mai no podria ser feliç en aquell entorn, i així va ser com va venir a raure a l'Escala, amb la intenció de guanyar-se la vida i el ferm propòsit de no passejar mai per la platja. Ho ha complert al peu de la lletra.

I ara, descansaré una mica, d'acord? Començo a tenir serioses dificultats per respirar.

El càncer de la Valèria havia fet metàstasi als pulmons, després d'haver-li destrossat el fetge i els ovaris. Els seus fills m'havien advertit que el seu deteriorament físic avançaria molt de pressa a partir d'ara. Vaig fer-li un petó al front i abans de deixar-me marxar va dir: ho hem deixat a l'any 82. Vine demà a primera hora perquè anem contra rellotge si volem arribar al final. No em vaig veure amb cor de contradir-la.

L'endemà vaig trobar la Valèria molt decaiguda físicament. La pell havia passat de la pal·lidesa gairebé transparent a un to grogós difícil d'admetre. També li vaig veure groc el blanc dels ulls: el fetge ja no funcionava. La respiració era feixuga. Vaig disposar-me a anul·lar la nostra conversa, però no ho va voler de cap manera. La seva mirada s'havia tornat fugissera i havia perdut la serenitat habitual. Vaig saber que només recuperaria la tranquil·litat si enllestíem el projecte que compartíem.

La Martina i en Miquel es van casar al final de 1984 i en Guillem va acabar-se d'instal·lar a casa de la Cleo l'any següent. Tot d'una, la Max i jo ens vam quedar soles en aquella casa que ara semblava massa gran. Feia deu anys de la mort d'en Quim i en aquells mesos vaig tornar a enyorar-lo intensament. Era un trobar-lo a faltar més lleuger, sense dolor, una nostàlgia dolça. La Max havia fet dinou anys i era una noia afectuosa, més tímida que els seus germans, molt més reservada amb mi sobre la seva privacitat. No li coneixia xicot i tampoc no tenia confiança amb cap dels seus amics o amigues, que no solien venir a casa. Jo estava segura que devia tenir un munt de nois anant-li al darrere, perquè aquella nena de rínxols vermells havia esdevingut una noia realment bonica i la timidesa li proporcionava un aire de misteri summament atractiu.

Va ser una autèntica sorpresa que decidís dedicar-se a la fotografia. Mai no ho havia dit, o potser no l'havia escoltada. Quan li vaig fer notar la meva estranyesa, d'entrada s'ho va agafar molt malament i em va acusar de no haver-li prestat mai prou atenció per adonar-me de la seva vocació. Després d'un parell de dies de mutisme, els preceptius després de cada enrabiada d'aquesta meva filla, va venir a trobar-me per omplir-me de petons i explicar-me, entre rialles, que hauria hagut de saber que una badoca —els seus germans sempre li deien que es quedava embadalida amb facilitat— voldria observar i retratar-ho tot. «Les fotografies te les haurien de fer a tu», vaig tornar a dir-li, «no hi ha enlloc del món una model amb els cabells d'aquest color». La Màxima em va aturar amb la mà per continuar ella amb les paraules que ja se sabia de memòria: «color de galeta Maria».

La Max havia nascut amb un borrissol de color panotxa i tothom va pensar que seria pèl-roja com jo i com l'àvia Valèria. I ho va ser, però amb els anys, els cabells se li van anar enfosquint lleugerament fins a agafar el to exacte de les galetes...

Ets l'hereva de l'àvia Valèria, tens el mateix color. Encara amb el somriure als llavis, la Max va tornar a enfosquir l'expressió i em va dir, amb el to de retret d'una nena petita: «Ho veus com hauries d'haver-me posat Valèria?». I l'alegria va desaparèixer un altre cop.

Aquest era el seu greuge històric. Que si Màxima era un nom horrible. Que si en realitat li dèiem Max perquè hauríem volgut que fos un nen. Quina mania. Que si per quin motiu jo no havia volgut que cap de les meves filles es digués Valèria, per seguir la tradició.

Li havia explicat cent vegades que si era per respectar la tradició, jo ho havia fet la mar de bé, perquè el nom de Valèria es posava a la família saltant una generació. Se'n deia l'àvia de la meva àvia, se'n va dir la meva àvia i me'n dic jo, així que ara li toca a una néta meva. «Confio en tu per a aquest tema, Max», li repeteixo sempre. De moment, la Max no té parella, així que aquesta nova Valèria, si és que mai neix, jo ja no la coneixeré.

Sigui com sigui, amb els nostres alts i baixos, la Max i jo vam tenir uns anys de bona convivència i vull creure que d'alguna manera la vaig poder compensar dels anys anteriors, quan, primer per massa feina, i després per massa tristesa, no vaig estar prou per ella.

Segurament és per això mateix que quan vaig conèixer l'Ian, la Max va ser la que va oposar més resistència a la idea que jo pogués construir alguna cosa semblant a una relació estable. Bé, les coses com siguin: cap dels meus fills va demostrar mai cap mena d'entusiasme davant aquesta possibilitat. I no crec en absolut que l'Ian els desagradés. Més aviat s'hi avenien i estic segura que el trobaven interessant, però el veien com un estrany i un —des del meu punt de vista absurd— sentiment de fidelitat envers el seu pare els impedia d'actuar amb generositat. Dic sense manies que era un sentiment absurd en primer lloc perquè jo, que era la persona més implicada, no vaig pensar ni per un moment que estigués traint en Quim ni que la meva memòria deixés de ser per mi allò que era: inesborrable. En segon lloc, si d'alguna cosa van servir els gairebé trenta anys que vaig passar estimant aquell home, puc assegurar sense por d'equivocar-me, que el seu pare els hauria ben esbroncat si ho hagués pogut veure.

Capítol 16

IAN

Per conèixer l'escocès Ian Kilbride vaig haver de viatjar fins a París.

L'últim amor de la Valèria Isern és un home vell, molt prim, però d'una fortalesa imponent per la seva edat. Encara alt malgrat el pes dels anys que li vincla l'esquena. Pocs cabells i blancs, ulls vius d'un blau molt pàl·lid, gairebé transparent. Em va obrir les portes de casa seva i ens vam asseure darrere un balcó que donava a l'acolorida riba esquerra del Sena. Evidentment, va servir dos whiskys de malta.

La Valèria i jo ens vam conèixer, ja l'hi haurà explicat, l'any 1986, en un congrés internacional organitzat per l'Institut d'Arqueologia de París. Ella hi va assistir com a acompanyant de la seva amiga, la doctora Saumell, una eminent col·lega amb qui jo mantenia contacte des dels anys seixanta, quan tots dos vam coincidir una època vivint a París.

No em vaig enamorar de la Valèria d'un cop de fletxa (l'Ian Kilbride parlava un idioma propi, barreja de francès i anglès, amb estranyes traduccions literals de frases fetes i tot plegat batejat amb el peculiar accent dels escocesos que tenen com a llengua materna el gaèlic i l'han anat perdent al cap dels anys fins a conservar-ne només una entonació característica). La primera impressió va ser la d'una dona elegant però gens sofisticada, tan prima, tan enèrgica, però amb una tristesa permanent al fons dels ulls. Quan vam tenir ocasió de conversar i em va resumir la seva vida en tres minuts, jo vaig interpretar que el pou de tristesa s'alimentava de la seva frustració professional. Que absurd, quan ho penso. Ella m'acabava d'explicar que el seu marit havia mort sobtadament deu anys enrere, l'home de qui s'havia enamorat als setze o disset anys, i jo ho vaig passar per alt i vaig compadir-la perquè no havia pogut aprofundir mai el seu evident amor per l'arqueologia.

Quan es va acabar el congrés, li vaig demanar a l'Elisa Saumell com havia de fer-ho per poder tornar a veure la seva amiga catalana. Va ser ella qui em va fer obrir els ulls i em va parlar de la tristesa que acompanyava la Valèria com d'una flassada que l'abrigués des de la mort del seu marit. Ho va fer per advertir-me que hi havia poques possibilitats que el meu interès per la seva amiga obtingués una resposta positiva. L'hi vaig agrair però malgrat tot vaig decidir intentar-ho. Feia molts anys que cap dona no em despertava la curiositat. La Valèria, sí. M'atreia amb la mateixa intensitat que ho han fet unes excavacions que no conec o un treball d'investigació científica.

Vaig escriure a la Valèria un mes després per dir-li que passaria uns dies a Barcelona per motius de feina —no era veritat— i si creia que seria possible que ens tornéssim a veure. La seva resposta ràpida i afirmativa em va sorprendre moderadament. Malgrat la tristesa dels seus ulls, malgrat els afectuosos advertiments de l'Elisa, alguna cosa em deia que la Valèria també volia conèixer a fons aquest vell cor escocès.

A Barcelona la Valèria i jo vam conversar. Hores i hores. Recordar experiències, persones, situacions, sentiments. Presumir amb falsa modèstia dels èxits, confessar els pecats disculpables i disfressar els errors injustificables. Discutir arguments polítics, morals, professionals. Confessar preferències i debilitats: una novel·la, un vi, una ciutat, una platja... I en aquest punt, en el moment que repassàvem, com si remiréssim un àlbum de fotos imaginari, els paisatges que ens havien seduït, aquella mirada plàcida de dona madura de la Valèria es va encendre, fins a convertir-se en la trasbalsadora mirada d'una noia de vint anys. Em parlava de casa seva, del seu país, que han habitat civilitzacions antigues, d'una plana esquitxada de pobles minúsculs, d'una costa de perfil retallat, amb cales petites i tancades, de la silueta d'una muntanya que dibuixa un bisbe ajaçat, d'un vent que tot ho espolsa i d'uns cels d'un blau rotund.

Em recitava els noms dels pobles: Calonge, Forallacs, Gualta, dits per ella sonaven tan bé, Saus, Vilaür, Darnius, encara veig els seus llavis dibuixant els sons, la Vajol, Vilajuïga, Ultramort. Ultramort? Sí, Ultramort, que té una església romànica ben bonica. Vols que l'anem a veure? I tant!

I així vaig arribar per primera vegada a l'Empordà, el país de la Valèria. Un racó de món extremament bonic. És l'adjectiu que m'agrada posar-li. Res de qualificatius grandiloqüents. Res d'espectacular, magnífic, res de salvatge, únic, res de grandiós, majestuós, meravellós. L'Empordà és bonic, molt bonic, potser li escau també enlluernador, en el sentit que és un paisatge que s'instal·la a la teva retina i no et deixa veure res més durant força temps després que n'hagis marxat. La Valèria agraïa els meus elogis com si els rebés ella mateixa, més satisfeta encara. La recordo contemplant la plana des del cim de Sant Pere de Roda. «Quina meravella», vaig dir jo, rendit del tot a la bellesa del paisatge i del seu perfil. Es va girar i em va preguntar, amb un somriure infantil: «Oi que sí?». Vaig deixar anar una rialla sorollosa i li vaig preguntar, per prendre-li el pèl, si l'havia dissenyat ella mateixa, aquell paisatge. També va riure. «És clar. M'ha quedat bé, eh?».

Aquesta va ser la nostra broma a partir d'aleshores davant d'un sol vermell a la caiguda de la tarda, del vol serè d'un gavià damunt de les onades, d'un inesperat esclat de roselles a la vora d'un camí. «M'ha quedat bé, oi? Hi he estat treballant tot el matí...».

Els fills de la Valèria van rebre la meva irrupció a les seves vides amb diverses actituds que anaven des d'una fredor educada fins a una cordialitat estudiada. Mai no van ser impertinents ni desagradables, però he de reconèixer que en cap d'ells hi vaig poder captar una hospitalitat sincera. L'enamorament tardà i suposo que absolutament inesperat de la seva mare no els va fer feliços, però tots quatre són massa generosos per entristir-se davant de la felicitat òbvia de la Valèria en aquells mesos.

—Només va durar uns mesos, la vostra relació?

Potser set o vuit, no ho recordo exactament. Tot va anar molt de pressa, l'arrencada, el trajecte i el final. Potser és perquè a la ratlla dels seixanta anys, sense voler, comences a tenir la sensació que no pots perdre el temps.

El cas és que de seguida vam saber que estàvem bé junts, que seria una bona idea compartir els anys que ens quedaven, que érem compatibles per mantenir una convivència agradable. No hi havia cap impediment per fer el pas. Érem una dona i un home lliures i responsables absoluts de les nostres vides. A la nostra edat hauria estat ridícul mantenir una època de prometatge.

Però llavors, quan ja ho teníem pràcticament decidit, quan el regal era damunt la taula esperant només que el desemboliquéssim, va venir l'inesperat final. Va ser un vespre que sopàvem al Port de la Selva. Jo vaig preguntar, amb un to lleugeríssim, enmig de la conversa: I així, on et vindrà més de gust que ens instal·lem? París? Roma? O potser t'estimes més Londres?

Va ser una qüestió de dècimes de segon. Als ulls de la Valèria hi vaig veure com el nostre regal començava a trontollar, rodolava i finalment es precipitava a terra i es partia en bocinets petits. Ella simplement havia donat per descomptat que jo aniria a viure a casa seva, a l'Escala. Hi havia raons que la justificaven: la seva era una casa familiar, l'Escala era el seu poble, allí hi vivia la majoria de la seva família. Jo, a París, només hi tenia un apartament llogat (amb mobles i tot). La meva família i els meus amics estaven repartits per tot el món i les meves arrels havien quedat ancorades a les Terres Altes d'Escòcia.

Però jo no hi estava disposat en absolut. Li va costar d'entendre. «Que no deies que l'Empordà t'havia subjugat?». Sí, l'Empordà m'agradava molt, però això no volia dir en absolut que volgués viure-hi. Jo volia, necessitava viure en una gran ciutat on mai no em quedés amb gana ni amb set, que mai no deixés de donar-me estímuls i al·licients. Hi havia un buit immens a dins meu i em calia omplir-lo cada dia fos com fos.

La Valèria va provar de contradir-me: París tampoc no és casa teva... Jo vaig tractar de convèncer-la: aniré on tu vulguis, digue'm la ciutat que prefereixes...

No va haver-hi res a fer. Ella no volia deixar casa seva, ni els seus fills, ni els seus records. Jo, que portava des dels disset anys fugint de les Terres Altes d'Escòcia, que només trobava refugi en les grans conurbacions modernes on ningú no es coneix, no podia renunciar-hi, ni tan sols per ella.

Ens vam dir adéu amb serenitat i sense cap mena de ressentiment. Ens escrivim un parell o tres de cops l'any. Em sap molt greu que estigui tan malalta. Fes-li una abraçada.

Capítol 17

Fent un cafè amb en Guillem Danés i la seva dona, m'expliquen que l'oncòleg els ha recomanat que la seva mare deixi tota la medicació i comenci a prendre morfina. No puc evitar que la mirada em traeixi l'esverament quan sento aquesta paraula, però la dolça Cloe em tranquil·litza: el metge confia que no hi haurà grans dolors, però val més que tinguem la precaució, ara que prendre morfina ja no la pot perjudicar.

Pregunto, amb un fil de veu, què sap la Valèria. Em sap greu immiscir-me en la seva privacitat, però necessito estar informat per poder parlar amb ella amb una certa comoditat.

En Guillem, amb la seva veu afectuosa i càlida i el seu braç damunt les meves espatlles, com si m'oferís el consol que ell necessita, m'explica que des de la notícia de la metàstasi als pulmons, la seva mare ha deixat de preguntar. Ens ha fet les coses tan fàcils que ni tan sols ens hem hagut de plantejar si li amaguem informació o no.

Intervé la Cloe, rotunda: ella sap que s'està morint, però és tan elegant i generosa que no vol fer-ho explícit.

L'estiu que estàvem junts, l'Ian va voler portar-me a Escòcia. Deia que ell no m'havia conegut del tot fins que vam anar a l'Empordà, i que volia que jo conegués l'autèntic Ian Kilbride, aquell nen d'ulls blavíssims que corria pels carrerons de Cornoch, un petit poble proper a Inverness, la capital de les Highlands.

I l'Ian tenia tota la raó: no el vaig conèixer plenament fins que no vaig conèixer les Terres Altes d'Escòcia, els seus paisatges d'una bellesa esfereïdora, la rotunditat del seu verd, el salvatge dibuix de les seves costes retallades a cops de destral.

La meva memòria va empresonar per sempre imatges i mots, la vall de Glen Mor, l'aigua de color de sang de les cascades de Foyers, els espadats d'Aberdeen, les platges de Tiree, les cases de colors de Tobermory, la seductora Inverness, o el petit estuari de Cornoch on va néixer el vell escocès que m'acompanyava. La veu de l'Ian pronunciant tots aquests noms ressona encara al meu cervell i recordo encara el sentiment agredolç que em provocava. Perquè aquells paratges, aquells pobles, aquells llacs que constituïen el seu paisatge íntim, no afegien a la seva veu l'emoció que jo esperava.

La seva manera de dir *Portmahomack* no deixava entreveure tots els records que l'Ian guardava d'aquest petit port on jugava de petit. No hi havia el ressons gairebé imperceptibles que jo emeto quan dic *Cala Montgó*. Quan ho dic, es com si creixés una bossa d'aire entorn d'aquests dos mots on hi suren tots els banys d'estiu, totes les passejades amb l'àvia Valèria per collir petxines, les besades clandestines d'en Quim, les excursions quan els nens eren petits, les postes de sol de color taronja, els matins de color lila i les nits negres i càlides del mes de juny.

A Escòcia, l'Ian em duia agafada de la mà per tots els racons on havia crescut, però allà on jo hi veia un castell envoltat d'una calitja prenyada de misteri, ell hi veia una «emprenyadora boira pixanera»; just quan jo començava a lloar la imaginació prodigiosa dels seus paisans, ell assenyalava amb menyspreu els efectes del whisky de malta; davant de la meva encesa admiració pels herois independentistes escocesos, ell subratllava el caràcter esquerp dels habitants de les Terres Altes.

Però jo no em deixava convèncer, i escoltava embadalida les llegendes de bruixes i fades i les aparicions de monstres i fantasmes —l'Ian em va regalar amb tota la seva mala intenció un llevataps horrible amb la imatge de Nessie.

Un vespre que sopàvem a Cromarty, un poble pesquer veí del seu, el cosí de l'Ian —un pescador jubilat de galtes vermelles i pigades— ens va explicar la llegenda local entre glop i glop de whisky.

Diuen que l'any 1725, una nit de lluna plena i vent gelat, un mariner de Cromarty va pescar accidentalment una sirena. Era una noia bellíssima, de llargs cabells rossos i ulls de color de maragda. El jove va caure rendidament enamorat de la dona-peix i no volia de cap manera alliberar-la de la xarxa, malgrat els precs de la noia del mar.

La sirena va provar de convèncer el noi sanglotant i implorant-li que tingués compassió, però res no va estovar el cor eixut de l'home de les Highlands. Finalment, la noia de la cua de peix va proposar al mariner que li concedís la llibertat a canvi de tres desitjos. Li va assegurar que les dones d'aigua tenen poder per fer realitat els somnis impossibles si així poden salvar la seva vida.

El pescador de Cromarty va rumiar una bona estona mentre observava distret els reflexos irisats de la cua de la sirena. La lluna omplia de llum la cabellera de seda de la noia i els seus ulls refulgien en la nit.

Al cap d'una estona de silenci, el mariner va exposar els seus tres desitjos. Primer va demanar seguretat, és a dir, que el poder de la noia peix el protegís de tots els perills del mar, de les salvatges costes escoceses, dels terrorífics embats del mar en dies de tempesta, de la basarda de les nits de boira. Després va demanar prosperitat, és a dir, que l'encanteri de la sirena intercedís per garantir-li cada dia una bona pesca fins al final de la seva vida de pescador. Xarxes plenes a vessar, peixos enormes i venda a bon preu.

Com a tercer desig, el mariner de Cromarty va demanar poder casar-se amb la jove Fiona, la filla del comerciant més ric d'Inverness.

Sembla que el pescador i la sirena van obtenir el que volien: ella la llibertat i ell seguretat, prosperitat i un bon casament.

Quan el seu cosí va acabar la llegenda del pescador i la sirena, l'Ian em va fitar amb una mirada sorneguera i plena d'intenció. «Ho veus? —va dir-me, amb un to de veu una mica massa alt—. Veus com som els escocesos? Se'ns apareix la dona més bella del món, una deessa d'aigua, aquella que en tots els racons del món asseguren que pot seduir els homes amb el seu cant, i què fem? Acceptem una transacció comercial i ens la deixem perdre. I encara més. Davant de la possibilitat de demanar tres desitjos, sense restricció de cap mena, què demana el mariner de les Highlands? Demana no trobar tempesta, fer una bona pesca, vendre bé. En definitiva, demana calés. I encara aprofita un tercer desig per reblar el clau: casar-se amb la Fiona. Per la seva sensibilitat o simpatia? Per la seva delicada bellesa? Per la seva brillant intel·ligència? No! Perquè és la filla del comerciant més ric d'Inverness. Podent enamorar la sirena més captivadora, es casa amb una pubilla de casa bona.

»Ho veus: avars, pobres d'esperit, tristos. Els escocesos de les Terres Altes són així.» «Tu també?», li vaig preguntar, enriolada. «No, jo vaig fugir a temps —va dir l'Ian—, i per això he triat la sirena».

A les Terres Altes vaig entendre que, tan aviat com va tenir ús de raó, l'Ian es va sentir empresonat en aquell racó de món aïllat, de perfils abruptes i ànimes aspres. Només tenia setze anys quan va poder fugir per primera vegada. Va matricular-se a la Universitat de Londres i la primera vegada que va tornar a les Highlands, vuit mesos després d'haver-ne sortit, ja s'hi va sentir foraster. Va ser, segons explica l'Ian, una sensació agradable, perquè tot d'una va descobrir la bellesa dels penya-segats i dels castells misteriosament sorgits de la boira, i l'accent gaèlic li va semblar més dolç que mai i fins i tot la comercialitzada imatge de *Nessie* a les samarretes i a les tasses li va despertar una certa tendresa.

Al cap de dos dies, ja va tenir ganes de marxar-ne. I sempre més ha estat fugint de les Highlands, d'aquella infància que hauria pogut ser idíl·lica però que ell recorda solitària i tancada, allunyada del món real on passaven totes les coses, on tot s'oferia als joves amb les finestres obertes, mentre ell es podria lentament en un poblet de la costa on els joves pescadors només somiaven a casar-se amb la filla d'un ric comerciant d'Inverness.

Després d'haver conegut de primera mà aquella contradictòria relació de l'Ian amb les Terres Altes, vaig saber que res del món, ni tan sols el nostre amor acabat d'estrenar, tou i calent com un pa de pessic sortit del forn, podria arrossegar-lo a viure lluny d'una gran ciutat, de París, o Roma. D'allà on passen totes les coses.

He de dir, per ser sincera i justa del tot, que encara que l'Ian hagués acceptat d'instal·lar-se amb mi a l'Escala, és força probable que les coses haguessin estat difícils i, potser, fins i tot s'haurien acabat espatllant igualment. Els meus fills no són ni tan generosos ni tan respectuosos com l'Ian. Ell va acceptar amb un somriure afectuós i ple de comprensió que jo no volgués allunyar-me de casa, que el meu desig d'estar a prop de la meva família prevalgués damunt de la nostra relació. No va posar en qüestió les meves prioritats de la mateixa manera que jo vaig encaixar amb tristesa però amb simpatia que un retir empordanès li provoqués un recel insuperable.

Si l'Ian i jo haguéssim decidit tirar endavant junts, les interferències dels meus fills haurien estat constants, probablement injustificades i amb tota seguretat difícils d'assumir per un home independent com l'Ian.

—Tots van reaccionar igual de malament?

No! I ara! En Guillem i la Martina es van limitar a manifestar discretament la seva estranyesa pel fet que jo m'hagués tornat a enamorar, per la desacostumada visió d'un home que no era el seu pare agafant-me del braç o mirant-me amb tendresa. No els en puc culpar. Ells van viure la profunditat de l'amor que hi havia entre en Quim i jo, van consolar-me per la seva absència i suposo que havien donat per descomptat que la meva vida amorosa havia mort amb ell.

L'aparició de l'Ian els va sorprendre i van permetre's un temps per assimilar-ho, això és tot. D'altra banda, em consta que la Martina troba que l'Ian és una persona interessant, i que va disfrutar intensament de la seva companyia en alguns moments. En Guillem, ja ho saps, és de mena afable i de seguida va connectar amb el sentit de l'humor del vell escocès, com el va anomenar sempre. També li agradava parlar de política, de les aspiracions independentistes d'Escòcia i de Catalunya, de les coincidències d'idiosincràsia entre dos pobles amb fama de gasius. D'altra banda, per aquella època el meu fill tenia altres coses al cap. La Cloe i ell volien tenir fills però l'embaràs no arribava. Quan finalment la meva nora es va quedar embarassada, va perdre la criatura en el segon mes.

Va passar el mateix en una segona ocasió i començaven a pensar que mai no veurien acomplert el seu desig de ser pares.

La Neus, pobreta, va intentar amb esforç i constància acceptar aquella situació que, de forma evident, li feia venir esgarrifances. Tractava l'Ian amb una educació excessiva i a mi amb una condescendència estranya, com si li fes vergonya veure'm enamorada. I em pots ben creure si et dic que jo no vaig permetre'm ni per un segon caure en la ridiculesa de ser una vella amb posat d'adolescent.

Així com en Guillem i la Martina van poder veure l'Ian com un ésser independent de mi, ella no va ser-ne capaç. I, és clar, l'Ian-parella-de-la-mare resultava molt més difícil de pair. Tampoc no crec que s'hi esforcés massa, si t'he de dir la veritat. I jo no l'hi vaig ni exigir ni tan sols demanar. Primer perquè si la Neus trobava que aquell home venia a envair l'espai buit que havia deixat el seu pare, jo ho havia de respectar. I després que, francament, jo no necessitava el seu permís, ni tan sols el seu vistiplau. Al cap de poques setmanes, la Neus i jo havíem après a relacionar-los amb la mateixa intimitat de sempre passant per damunt de l'Ian, o per sota, o esquivant-lo. No ens hi referíem per res. I quan ell venia a passar unes setmanes, sempre ensopegava que la Neus havia de corregir exàmens o treballs o s'havia apuntat a un curset de cuina japonesa.

El problema gros el vaig tenir amb la Max. La Max va rebel·lar-se amb ferocitat contra la meva nova relació. Va envestir-la com un animal cegat per la ràbia. La seva hostilitat no provenia, com en els seus germans, de la nostàlgia pel seu pare, o de la reticència per un home desconegut, o de la irregularitat d'aquella situació inesperada. La seva oposició s'alimentava de la gelosia, i aquest monstre és el més difícil d'amansir.

En certa manera, la comprenia. Comprenia el seu dolor però no podia acceptar la seva manera d'exterioritzar-lo, d'una crueltat astoradora.

La comprenia perquè, ja t'ho vaig dir fa uns dies, la Max sempre s'ha sentit arraconada a dins de la família, des de ben petita, i em temo que amb raó.

Quan ella va néixer ja érem una família. No sé si m'entens... la vam rebre amb alegria i amb amor, tots i cadascun de nosaltres, però jo sempre he sospitat que, d'alguna manera, ella sabia que no l'esperàvem, que nosaltres ja ens consideràvem una família completa i que ella va arribar per sorpresa. No ho sé, potser són manies meves...

El cas és que els seus germans es porten pocs anys i ja havien construït la seva xarxa de relacions. En Guillem i la Martina la tractaven amb el despotisme propi dels germans grans amb els petits, i la Neus es cuidava d'ella afectuosament però deixant entreveure que trobava injusta aquella obligació. Les recriminacions anaven adreçades cap a mi, però potser la Max les percebia com a pròpies. Qui ho sap.

Després va venir l'època fosca de la mort d'en Quim. La Max tenia deu anys i es va trobar envoltada de tristesa, disposada a créixer en aquella casa d'on havien desaparegut les ganes de viure. Els seus germans aviat van buscar la fugida fora de casa i jo vaig abdicar de la meva funció de mare durant una bona temporada. Evidentment que em feia responsable d'ella, que li proporcionava les condicions bàsiques per sobreviure... omplia la nevera, cuinava, anava a les reunions de l'escola, li comprava roba... però això no és suficient. En absolut.

Passat el llarg període de dol, vaig tornar a ser jo, i la Max ja era una adolescent. Llavors també va haver-hi fets que em van distreure: el casament de la Neus, la marxa de la Martina a Anglaterra, la desorientació d'en Guillem, l'arribada de la Cloe.

Finalment ens vam quedar soles a casa, la Max i jo, i vam viure uns anys feliços. Vaig descobrir aquella noia tímida, intel·ligent, sensible, i vaig poder dedicar-m'hi amb tota la concentració, com ella sempre havia volgut. Em tenia pràcticament en exclusivitat. Compartíem dinars i sopars, llargues converses sobre les novel·les que llegíem primer l'una i després l'altra, passejades arran de mar, tardes de compres.

I llavors vaig conèixer l'Ian, i la Max no ho va poder acceptar.

La insolència amb què el va tractar des del primer dia em va ofendre més que no pas la fredor amb què va començar a tractar-me tot d'una.

Quan l'Ian i jo vam decidir acabar la relació, la Max va venir un dia a demanar-me perdó, entre plors. La vaig tractar sense ni una engruna de compassió, deixant-li clar que ella no hi havia tingut res a veure. Em sembla que li vaig dir alguna cosa així com: «La teva crueltat ens ha passat arran, però sense ni fregar-nos», amb una altivesa que encara m'esborrona.

Estic segura que ella es pensa que és una ferida que quedarà oberta per sempre més. Però s'equivoca, és clar. És la meva filla, la meva filla petita, i no hi ha res, però res de res, que pugui esborrar això. Un dia d'aquests, abans no em mori, hauré de parlar-hi.

—I l'Elisa què hi deia, d'això de l'Ian?

Demà et portaré un paquet de cartes dels últims anys. Per avui ja n'hi ha prou...

Nova York, juny de 1986

Estimada Valèria, t'envejo desesperadament. Donaria... el dit petit per tornar a estar enamorada. I abans que m'escriguis renyant-me: encara estimo en Jim, potser més que mai, però evidentment, ja no n'estic enamorada. Les teves cartes m'han fet recordar que una persona no pot sentir-se mai tan plena com en els inicis d'un amor. Quina meravella!

Però aquí em tens, vint anys seguits al costat del mateix home. Qui ho havia de dir, oi? Te'n recordes, quan t'escrivia cartes des de Roma, París o Milà explicant-te els meus «flirts» i tu em renyaves severament?

Que consti que el mèrit —si és que hi ha algun mèrit en la fidelitat— no és meu. En Jim és la persona més fàcil que conec i té una paciència de sant amb mi. Seria del gènere idiota renunciar a una vida com la que ell em dóna. Una vida al bany maria (es deia així, oi?). En Jim va decidir fa molts anys que jo seria el centre de la seva existència. Ho va decidir sense consultar-m'ho i mai no ha volgut conèixer la meva opinió. És la seva decisió. Ell troba que la meva feina és més important que la seva, que la seva funció en aquesta vida és facilitar-me les coses perquè jo pugui dedicar-me a l'arqueologia. Viu els meus èxits com si fossin seus, més que si fossin seus. I som feliços tots dos, així que...

Però què faig parlant d'en Jim i de mi? Els protagonistes del bolero sou tu i l'Ian, el vell escocès. Fa tants anys que el conec... i a tu et conec des de sempre, i us estimo a tots dos, i no puc entendre per què no se m'havia acudit mai que estàveu fets l'un per l'altre. Bé, vull dir després de la mort d'en Quim, és clar, ja m'entens.

De fet, i pensant-ho bé, trobo que en Quim i l'Ian s'assemblen. No a primera vista, és clar (em sembla sentir les teves rialles). Ja ho sé! L'un tan familiar, l'altre tan solitari. L'un tan afable, l'altre tan reservat. L'un amb aquest aspecte saludable i bronzejat del pescador d'anxoves i l'altre amb la pell translúcida dels pescadors de les Highlands. Però hi insisteixo: s'assemblen, tenen alguna cosa en comú. Potser una guspira sorneguera al fons dels ulls. No ho sé, hi ha alguna cosa.

En fi, que me n'alegro molt per tu, ja ho saps. Espero que et diverteixis de valent a Escòcia aquesta estiu, i records pel «Nessie»!

Elisa.

Nova York, novembre de 1986

Valèria, com estàs? Em demanes que et digui què en penso de tot plegat. No sé què dir-te: respecto i fins i tot comprenc la teva decisió, però no la comparteixo. No entenc que hagis de renunciar a aquest amor acabat d'encetar, aquest regal que la vida t'ha ofert quan no ho esperaves. És una mica superb de part teva, no?

Si haguessis de triar entre l'Ian i els teus fills, entendria —no sóc mare però encara tinc sentiments— que t'inclinessis pels teus fills. Però és que no cal que triïs! Per què hauries de fer-ho? Pots viure amb l'Ian a París, a Roma, on us doni la gana, i estar en contacte permanent amb els teus fills. Som al segle XXI, per l'amor de déu! I us podeu reunir un parell o tres de cops l'any, que és el que fan les famílies civilitzades. Així s'eviten les baralles i els inconvenients de la convivència.

També t'he de reconèixer que l'Ian podria fer un esforç i venir a viure amb tu... però què vols que et digui, jo l'entenc perfectament. El conec de fa molts anys, molts, i sempre li he sentit dir que havia «fugit» de les Highlands de seguida que en va tenir l'oportunitat. Estic d'acord amb ell que les coses importants passen a les grans ciutats. Una altra cosa és que la vida pugui resultar tant o més interessant si fas una altra opció. A tu també t'entenc. Entenc que t'estimis més viure a l'Empordà, perquè necessites la plana i el mar i aquell paisatge que has vist des de petita, i que és tan assequible... Els fets que canvien el món ja te'ls explicaran els diaris, o la televisió, o jo, que sóc la teva cronista oficial. Tots dos teniu dret a triar la vida que us agradi més... però jo continuo pensant que és un pecat de supèrbia renunciar a aquest amor sorprenent de cap al tard.

Però ja sou grandets (i mai millor dit). Vosaltres mateixos. Jo us estimo a tots dos tant o més que abans.

Una abraçada.

Elisa.

La malaltia de la Valèria va començar a empènyer cada dia amb més força. Teníem poques treves, però les aprofitàvem. L'estona que ella es trobava una mica millor, amb forces per parlar, demanava que em truquessin i jo corria cap a casa seva. La trobava al llit però incorporada, amb tot de coixins darrere l'esquena i el somriure ben col·locat als llavis.

Quan la Max va saber que la relació amb l'Ian s'havia acabat, va ser com quan regues una planta pansida. Es va refer i va florir més que mai. Tenia vint anys, vint-i-un potser, i era una noia que es feia mirar: les seves faccions proporcionades, aquella pell llisa que a l'estiu agafava un to daurat, els cabells d'un color tan especial.... I els ulls, desmesurats, blavíssims. Era qüestió de dies que algú se n'enamorés, i em va agradar molt que l'escollit fos en Sergi, un nano que jo coneixia des de petit, fill d'uns bons amics d'Albons. Tot i així, no et vull enganyar, des del primer moment vaig saber que allò no duraria. No estaven fets per estar junts. Però aquell episodi va servir perquè la Max descobrís que podia inspirar amor i va ser com si alguna cosa s'estovés al seu interior. De vegades penso que en aquell moment va començar a creure's que hi havia altres persones que l'estimaven, que l'estimaven els seus germans, que l'estimava jo. Qui sap, potser l'amor l'espera ben a prop...

—O sigui, que va començar una etapa de tranquil·litat...

No t'ho pensis! La meva mare ja m'ho deia, que amb tanta mainada no estaria mai tranquil·la. Per aquella època, al començament de l'any 1994, el matrimoni de la Martina va començar a trontollar.

Em sabia molt de greu, és clar, però pensava que seria una ruptura neta, sense jugades brutes i, sobretot, sense danys col·laterals. No hi havia criatures i ells dos, en Miquel i la Martina, eren dues persones encara molt joves i emocionalment intel·ligents. És a dir, que es refarien aviat.

En un primer moment, la Martina em va retreure —fixa't!— que el seu pare i jo li haguéssim donat, com si diguéssim, massa bon exemple. Deia que el nostre amor era massa perfecte i que li havíem fet creure que qualsevol relació de parella havia de ser-ho. Se sentia fracassada.

Però li vaig fer entendre que l'èxit d'un compromís com aquest no depenia només de les dues persones que el signaven. Hi ha un munt de circumstàncies externes a la parella que poden fer descarrilar un matrimoni. En el seu cas, fonamentalment, el caràcter summament independent de tots dos, les seves respectives ambicions professionals, probablement una educació menys fonamentada en l'esperit de sacrifici que no pas la de la nostra època.

Al principi de juny, tots dos, la meva filla i el meu gendre, van venir-me a veure per fer-me saber que havien decidit separar-se. Vam dinar tots tres junts al porxo, en un ambient cordial, i en veure'ls allà asseguts, com dos companys de jocs, vaig tenir la certesa que havien pres la decisió correcta i que tots dos es mereixen una nova oportunitat per enamorar-se.

Havent dinat, mentre l'olor de cafè amarava la casa, van venir en Guillem i la seva dona, que finalment havien aconseguit que un tercer embaràs prosperés. La Cloe ja lluïa una bona panxeta i estava més guapa que mai. Vam estar pensant quin nom podia ser el més encertat per a la criatura que esperaven.

Recordo que en aquell moment, mentre la Martina proposava Sara o Roger, i en Guillem valorava la possibilitat de posar-li Valèria... vaig sentir-me incòmoda per aquell contrast, per la felicitat del fill davant del tràngol de la filla. I vaig tornar a pensar en la meva mare quan em deia que amb tanta mainada no estaria mai tranquil·la.

Va ser l'última vegada que en Miquel va ser a casa meva i de vegades encara trobo a faltar aquest gendre ocurrent i educadíssim.

Aquell agost va fer una calor pesada i humida i la Cloe, amb els seus set mesos d'embaràs, venia sovint a casa, cap al tard, buscant una mica de fresca a sota del nesprer del jardí. També hi era la tarda que em va trucar la Martina i em va dir que havia de parlar amb mi d'una qüestió important. En aquell moment no vaig detectar en el seu to de veu cap alarma, i li vaig dir que seria millor que em truqués a la nit, que estaria sola i podríem parlar amb més tranquil·litat.

Sense escafaralls, la meva filla em va explicar que s'havia quedat embarassada d'en Miquel, però que aquell fet no canviava la seva intenció de separar-se'n i que, per tant, havia decidit perdre aquella criatura. Li agradaria que jo pogués acompanyar-la a la clínica, però entendria perfectament, va dir, que no em vingués de gust fer-ho. Pensava que potser jo no estava d'acord amb l'avortament voluntari.

Li vaig agrair la delicadesa però li vaig garantir que no hi havia res que pogués impedir que jo li fes companyia en un moment com aquell.

Tenia cita a la clínica per al dimarts següent i jo em vaig limitar a demanar-li que es concedís uns dies per reflexionar sense pressa sobre la decisió que havia pres. Ho vaig dir perquè pensava que ho havia de dir, però conec prou bé la Martina per saber que la reflexió havia estat prèvia a la trucada. No canviaria d'opinió.

El dilluns següent vaig conduir fins a Barcelona, posant com a excusa unes inexistents jornades d'arqueologia. La Martina m'havia demanat que no digués res als seus germans per fer-ho tot més senzill.

Tot va anar bé, com estava previst. Li van practicar l'avortament a les deu del matí i a primera hora de la tarda la van enviar cap a casa, amb la recomanació que fes llit les quaranta-vuit hores següents.

Es trobava la mar de bé i recordo que vam jugar una bona estona a l'*scrabble* fins que ella es va adormir. Jo em vaig asseure en una butaca a la seva habitació llegint una novel·la de la Margaret Atwood, *Ull de gat*, que l'Elisa m'havia recomanat amb entusiasme. La veu entre tendra i cínica d'Elaine, la protagonista narradora, em recordava la manera de fer de l'Elisa, dos noms amb E, recordo que pensava. L'Elaine, una pintora canadenca ja madura, tornava a Toronto per fer una exposició retrospectiva de la seva obra, i els carrers de la ciutat li fan recordar la nena que va ser, especialment la fosca relació amb una amiga, Cordèlia, que durant anys la va dominar psicològicament, torturant-la fins a l'extrem de fer-li amargs els anys que haurien d'haver estat despreocupats i feliços. «*Estimada Elisa* —vaig escriure aquell vespre, mentre la Martina dormia plàcidament— *espero que no pensis que m'assemblo de res amb la malvada Cordèlia...*».

Estava escrivint quan va sonar el telèfon. Vaig aixecar-me precipitadament, amb risc evidentment de caure per terra. Vaig prémer el botó de despenjar i vaig sortir de l'habitació, més pendent de si la Martina es despertava que no pas del motiu d'aquella trucada.

Era el seu germà Guillem.

Mai, en totes aquestes setmanes de conversa, no havia vist la Valèria Isern tan pàl·lida. Vaig espantar-me i li vaig suggerir que aturéssim la narració, però no va haver-hi manera de convèncer-la. Va dir que volia arribar al final. I jo vaig témer que arribés el final de veritat.

La veu del meu fill em va arribar com si fos la d'un vell. Mormolava paraules inconnexes i vaig haver de demanar-li que m'ho repetís. M'estava dient que la Cloe i ell eren a l'hospital? No! Érem la Martina i jo les que acabàvem de sortir d'un hospital! Per un moment vaig pensar que d'alguna manera havia sabut el motiu real de la meva estada a Barcelona.

Quan finalment vaig entendre el que m'estava dient, em vaig haver d'estintolar a la paret del passadís i, a poc a poc, vaig anar relliscant fins a quedar-me asseguda a terra. La Cloe s'havia trobat malament, havia tingut pèrdues, havien conduït fins a Girona i eren a urgències del Josep Trueta. El metge els acabava de dir que no se sentia el cor del fetus, hi havia moltes possibilitats que la criatura fos morta i que l'haguessin de fer néixer aquella mateixa nit. Podia anar a Girona a fer-los companyia? La veu del meu fill era implorant. No es veia amb cor de consolar la Cloe d'aquella pèrdua.

En Guillem deia que li sabia greu que l'endemà em perdés aquelles jornades que prometien ser tan interessants... de quines jornades em parlava? Ho vaig entendre de sobte: era l'excusa que jo m'havia inventat per anar a Barcelona. En Guillem no sabia, no podia sospitar, que, aquella nit, en realitat, jo tenia previst quedar-me vigilant el son de la seva germana que acabava de sotmetre's a un avortament voluntari.

Per més que m'hi esforçava, no trobava la manera de dir-li a en Guillem que no podia anar a ajudar-lo, sense confessar-li el motiu que m'ho impedia. Com podia dir-li al meu fill que la seva germana acabava de perdre voluntàriament una criatura mentre ell i la seva dona ploraven desconsoladament per la pèrdua accidental de la seva? Tants anys després, vaig començar a cridar mentalment el meu home. Quim! Vine! Ajuda'm a passar aquest mal moment! Mai no m'havia sentit tan sola i tan impotent.

La Martina s'havia despertat i era al pas de la porta, observant-me. Què hi feia la seva mare asseguda a terra, parlant per telèfon, amb les llàgrimes cara avall? Es va acostar, es va ajupir al meu davant i em va interrogar amb la mirada. Vaig demanar-li a en Guillem un moment d'espera i em va semblar que l'impacte d'aquestes paraules viatjava fins a Girona, rebotava en l'estupefacció del meu fill i tornava fins a colpejar-me violentament.

Vaig explicar ràpidament la situació a la Martina i la vaig veure empal·lidir fins que la pell li va agafar el to de la cendra. Es va refer en uns segons i em va agafar el telèfon de les mans. La vaig veure parlar amb el seu germà i, amb una veu molt dolça, que no semblava la seva, li va dir el que estava passant. Va començar a plorar mentre deia adéu a en Guillem i em tornava a passar el telèfon. Vaig assegurar al meu fill que tan bon punt es fes de dia conduiria fins a Girona.

Tot l'esforç que havia fet per no córrer en aquell mateix moment al costat del meu fill, el vaig haver de fer l'endemà per deixar la meva filla sola a casa seva. No havíem dormit en tota la nit i l'havia sentit plorar durant hores.

Quan vaig abraçar finalment el meu fill a Girona, li vaig demanar disculpes per haver-li fallat. Confiava, li vaig dir, que fos la primera vegada. En Guillem va ser tan generós i tan càlid com sempre. Em va assegurar que, efectivament, aquella era l'única vegada a la seva vida que no havia pogut comptar amb mi quan m'havia necessitat. I va afegir-hi: i de tota manera, no compta, perquè tenies una bona raó per no ser-hi, de fet, l'única raó vàlida: estaves fent de mare en una altra banda.

Capítol 18

La Valèria Isern va morir de matinada, que és l'hora dels adéus. Ja feia dies que el metge havia advertit que el final podia arribar en qualsevol moment. La Martina i la Max s'havien instal·lat a casa seva i l'acompanyaven a les nits. De dia, els quatre germans feien torns perquè no estigués mai sola a l'habitació.

La resta de la casa sempre era plena de gent: gendre, nora, néts, germà, cunyada, nebots... jo hi treia el cap cada dia. Havia llogat una caseta a Sant Martí d'Empúries i em passava el dia transcrivint i repassant les notes preses durant les converses amb la Valèria.

De vegades, quan érem al menjador de casa seva, un dels fills sortia precipitadament de l'habitació de la malalta i demanava a algú que hi entrés. La Valèria havia començat a respirar més agitada, o potser el seu son semblava massa consistent, o bé movia els braços i les mans amb un neguit estrany. Qualsevol cosa podia ser un senyal que el final era a prop.

Després d'un d'aquests ensurts, la Màxima Danés, més prima i demacrada que mai, va venir a seure al meu costat al sofà. Va recolzar el cap enrere —la cabellera de color de galeta maria va quedar estesa damunt del respatller, una mica damunt del meu braç— i va tancar els ulls en un gest de cansament profund. Vaig pronunciar algunes desmanegades paraules de consol i ella va obrir els ulls blavíssims i em va mirar. «És terrible estar esperant que passi allò que més tems que passi», va dir. No vaig saber fer res més que posar la meva mà damunt la seva, que semblava un ocellet caigut del niu.

El dijous a la tarda va passar el metge i va dir que la Valèria havia entrat en un coma lleuger del qual ja no es despertaria. Els seus fills van decidir quedar-se tots quatre aquella nit.

L'endemà a primera hora em va trucar la Neus per dir-me que la seva mare havia mort de matinada. Jo no vaig preguntar res, però ella va dir: érem tots quatre amb ella. En Guillem li agafava una mà, jo l'altra. La Max s'havia assegut als peus del llit i i la Martina ens mirava asseguda a la butaca del racó.

Vaig oferir-me per ajudar-los en allò que calgués... Durant el dia no vaig voler anar a casa de la Valèria perquè em semblava una intromissió en el dolor d'unes persones que, d'altra banda, m'havien ofert amb tanta generositat la seva intimitat durant les últimes setmanes.

El dia del funeral vaig sortir d'hora de casa. Bufava tramuntaneta i el cel era netíssim. Una claror estranya ho il·luminava tot. Era un matí empordanès i vaig pensar que la Valèria l'hauria triat exactament així per al seu comiat.

Davant de l'església de Sant Pere hi havia grups de persones formant cercles, l'un arran de l'altre, els colls dels abrics aixecats, les bufandes entorn del coll, les espatlles arronsades. No sabria dir si es protegien de la tramuntana o de la tristesa. La filla petita de la Valèria em va venir a trobar i ja no es va moure del meu costat. Tota l'estona vaig tenir la sensació —íntima i sense cap evidència que ho demostrés— que aquella dona d'ulls blavíssims reclamava la meva protecció. És més, tenia la certesa que l'hi estava oferint sense necessitat de cap gest ni cap paraula, amb el simple fet de quedar-me al seu costat.

En Guillem i la Cloe van arribar entre abraçades i signes d'afecte de la gent. Els observava mentre ell, el fill de la Valèria, s'aturava a rebre el condol, somreia, agafava suaument el colze del seu interlocutor, abraçava una dona gran, acaronava el rostre d'una menuda, estrenyia enèrgicament la mà del cosí. No hi havia barrera que la calidesa d'en Guillem Danés no fongués, mentre la seva germana petita, en canvi, romania callada i quieta al meu costat, sense tocar ningú, sense admetre consol.

La Martina va saludar-me amb un moviment de cap i un gran somriure des de l'altra banda de la plaça. Era com si llampegués, com si esquitxés guspires blanques, com si un focus la il·luminés només a ella. Era la imatge de la serenitat adolorida, amb aquell gest d'una elegància suau, com si confirmés sense voler-ho a cada instant que ella no és com els altres. Se li acostaven les mateixes persones que acabaven de saludar el seu germà, i era curiós observar el canvi d'actitud de la gent. S'havien apropat a en Guillem amb franquesa, mostrant obertament la seva compassió, segurs de l'afecte que trobarien a l'altra banda. Quan es trobaven davant de la Martina, aquestes mateixes persones s'encongien, es mostraven insegurs per trobar la fórmula correcta, es mantenien a una certa distància fins i tot en el moment d'estrènyer-li la mà o insinuar una petita abraçada. La majoria de les vegades la naturalitat arribava quan saludaven el seu exmarit, en Miquel Batalla, que repartia somriures i paraules amables, còmodament arrecerat a dins d'un abric de llana caixmir.

Quan ja faltava poc per a l'inici del funeral, va arribar la Neus amb la seva família, la petita Judit plorant amb sanglotets sincopats que la feien tremolar tota, acompanyant el germà de la Valèria, sobtadament envellit, i la seva dona.

Tot va ser veure la Consol i recordar unes paraules de la Valèria: sempre està preparada per rebre l'adversitat com si això donés la raó al seu tenaç pessimisme. Sempre amb aquella cara de «ja us ho deia jo que això s'acabaria malament...». El record em va fer somriure i va ser just aleshores quan vaig sentir una veu que em mormolava a cau d'orella: «Mira-la —i forçant la veu fins a fer-la ridícula—, ja us ho deia jo que això s'acabaria malament...».

Em vaig girar i vaig abraçar breument l'Elisa, que em somreia amb la mirada burleta més trista que mai. Em vaig adonar que tothom ens mirava, és a dir, tothom la mirava. Tothom observava amb una curiositat segurament tenyida de censura aquella dona baixeta, arrugada, estrafolàriament vestida amb pantalons de pana de color bordeus, abric morat fins als turmells i gorra de llana negra. La meva tia, la germana gran de la meva mare, aliena a l'expectació que despertava, ens havia agafat del braç a la Max i a mi i començava a caminar cap a l'església. Vaig aturar-me per esperar el seu home, que s'havia entretingut saludant algú. Llavors vaig veure l'Ian Kilbride, el vell escocès, que avançava amb passes amples i encara fermes. L'Elisa i ell es van abraçar breument, sense cap concessió al dramatisme, però cap dels dos no va poder sostenir la mirada de l'altre. Va ser només un segon i no va haver-hi cap paraula, però vaig tenir la certesa que aquelles dues persones se sentien estretament unides per un dolor molt semblant.

A dins, el capellà donava la benvinguda i recordava als presents que estàvem allí reunits per dir l'últim adéu a la Valèria Isern, filla de l'Escala, que tots coneixíem i apreciàvem... i vaig començar a sentir de nou la seva veu, la veu de la Valèria: recordo aquelles tardes al jardí de la casa d'Albons, la Max que xiscla perquè en Guillem vol esquitxar-la amb la mànega d'aigua, la Neus que renya les nines, la Martina que canta, enfilada dalt del nesprer, les cames penjant... No em cansaria d'estar amb l'Elisa Saumell. És una noia diferent. Per començar porta un abric vermell —ningú no porta un abric de color vermell—, i els cabells curts que li donen un aire parisenc. És divertida, ocurrent i molt agosarada... En Quim em consola i vol calmar el meu desassossec, però en cap moment l'he vist disposat a renunciar al desig que considera tan natural. Al final li he proposat un pacte: els diumenges ens permetrem anar una mica més enllà, només un cop la setmana. Un petó que faci festa?, ha dit en Quim, sorneguer. «Això mateix», li he contestat, tota digna, «un petó de diumenge»... Després d'haver conegut de primera mà aquella ambigua relació de l'Ian amb les Terres Altes, vaig saber que res del món, ni tan sols el nostre amor acabat d'estrenar, tou i calent com un pa de pessic sortit del forn, podria arrossegar-lo a viure lluny d'una gran ciutat, de París, o Roma. D'allà on passen totes les coses... Tot l'esforç que havia fet per no córrer en aquell mateix moment al costat del meu fill, el vaig haver de fer l'endemà per deixar la meva filla sola a casa seva.

El capellà donava el dol per acomiadat i la gent començava a sortir de l'església. Jo continuava quiet en aquell banc i entorn meu proliferaven les llàgrimes, els mocadors, els sospirs. I jo encara sentia la Valèria: em veig caminant amb brancades de mimosa, o asseguda amb la falda plena de fruita madura i sucosa —albercocs, cireres, talls de síndria—, o amb la mirada clara, plena de colors. Aquell matí de cel blau —de cel empordanès—, vaig avançar pel camí de sorra que mena al cementiri, amb xiprers a banda i banda, i tot era silenci. Només sentia el soroll de les meves passes que premien la terra compacta, com desenes de minúsculs espetecs.

I recordo que, inexplicablement, malgrat la meva desvergonyida joventut i el meu cor tibant d'amor, vaig pensar que un dia tornaria a fer aquell mateix camí, sola i en silenci, com aleshores, en la solitud i el silenci de la mort...

A l'exterior de l'església, la tramuntana havia agafat força i la sentíem com ens tallava la pell, amb el seu bufarut esmolat. Els fills van sortir els primers, disposats a acompanyar la Valèria en aquella última caminada cap al cementiri. L'Elisa i jo ens vam quedar aturats l'un a prop de l'altre i llavors va tornar a agafar-me el braç. Vaig sentir el seu pes de velleta menuda i li vaig preguntar si es trobava bé. Em va mirar amb el seu mig somriure i em va preguntar: Què? Tenia raó?

Sis mesos abans, jo havia visitat la meva tia als Estats Units, decidit a demanar la seva ajuda. Volia ser escriptor, li vaig dir, i pensava que la seva vida em donaria l'argument per a una bona novel·la. Té tots els requisits: risc, viatges, aventures amoroses, ambició professional, èxit.

L'Elisa s'hi va negar amablement però amb fermesa: si vols escriure una vida de novel·la, vés a veure la meva amiga Valèria, em va dir. Jo vaig protestar: la Valèria Isern? La seva amiga de joventut que s'havia quedat al poble on va néixer, que s'havia casat amb el seu primer amor, que s'havia limitat a fer de mare de família...?

La meva tia em va convèncer i va convèncer la Valèria que confiés en mi. Així van començar les llargues xerrades durant les quals aquella dona malalta, a punt de morir, em va regalar la seva vida.

No em va costar reconèixer a l'Elisa que ella tenia raó. Podia, i volia, escriure una novel·la sobre la Valèria Isern. Demà mateix començaré, li vaig dir.